酒中花

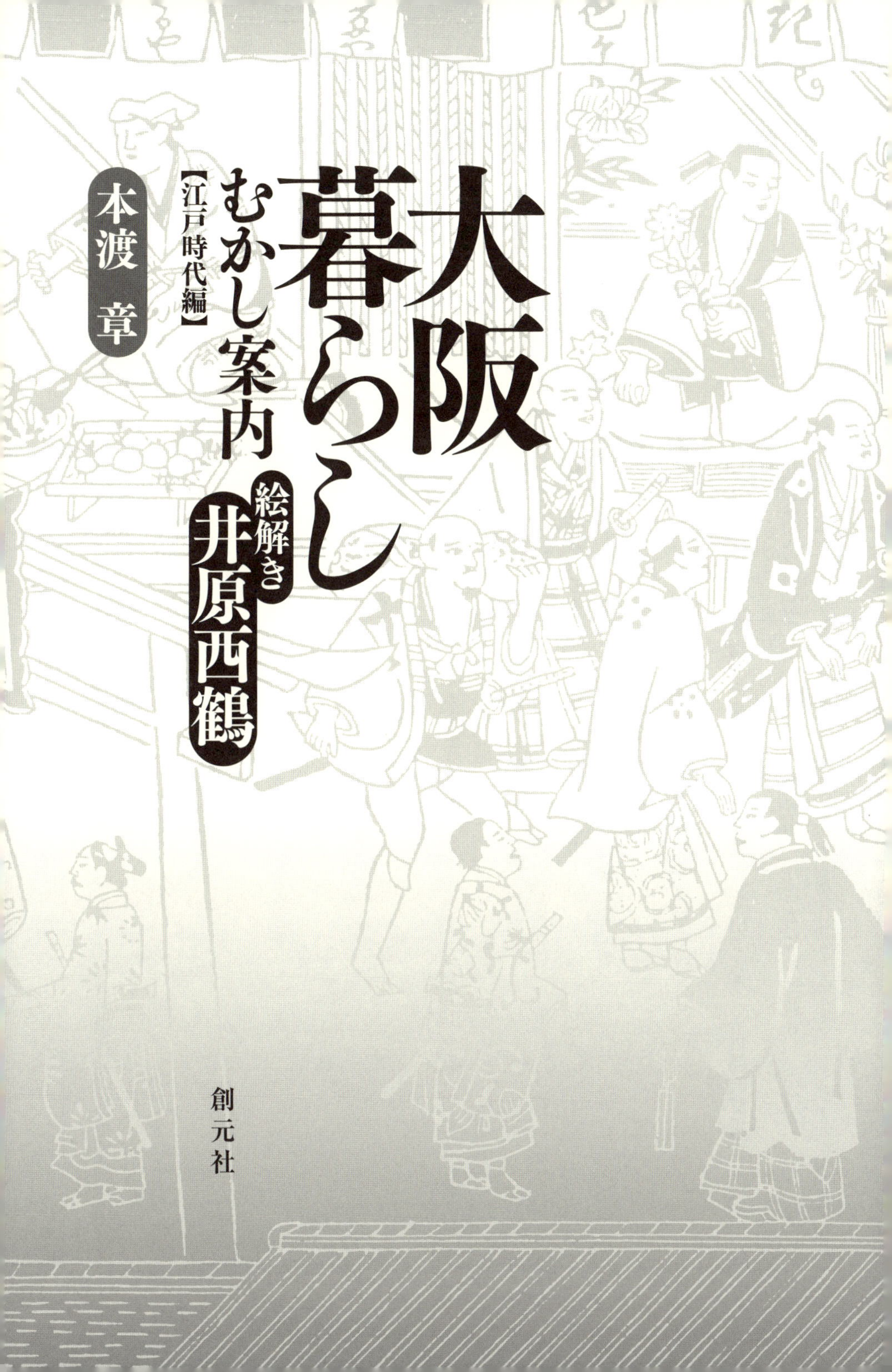

大阪暮らしむかし案内

絵解き井原西鶴

【江戸時代編】

本渡 章

創元社

大阪暮らしむかし案内　目次

第二章　町人暮らしの四季　

第三章　男の色恋、女の色恋　一四九

装釘　濱崎実幸

前口上

わからないことは西鶴に書いてある

井原西鶴は有名人だ。西鶴というだけで、たいていの人に通じる。にもかかわらず、「読みました」という人は案外と少ない。

反応があっても「胸算用がどうしたとか、お金の話を書いた昔の人でしょ」とか、「好色なんとかっていう、いやらしそうな話の人よね」とか、「一日で何万も句を詠んだっていうけど、ほんとですか」くらいだったりする。「そういえば、芭蕉、近松とならぶ江戸時代文芸の三巨匠でしたね」と思い出したようにつぶやく人もいるかもしれない。

ひとことでいえば、西鶴ほど有名で、西鶴ほど知られていない人物は珍しい。

もっと知られていいと思う。中身を知ってほしいと思う。なぜなら、ここに挙げてきたさまざまなイメージには到底おさまりきらない大きなものを西鶴が持っているからだ。

西鶴をひもとけば、江戸時代がわかる。

西鶴を味わえば、人間がわかる。

西鶴を熟読すれば、ものを見る目が養える。

西鶴を鏡にすれば、今という時代、今を生きている人々までも見えてくる。

西鶴は今でも広く読まれる価値がある。いや、時代が読めない、人間がわからない、などといわれだした今だからこそ価値が高い。そう、思うのだ。

この本は、そんな西鶴の魅力をお伝えするための入門書である。第一章はお金にまつわる話。第二章は四季の暮らし。第三章は男女それぞれの色恋。どこから読んでも、かまわない。目次を見て、興味の湧いた話から楽しんでいただきたい。

どの話も、概略の紹介文のあとに見開きで挿絵を載せ、以下のページで絵を解説している。たとえば脇差を二本さしている町人が、絵に描かれている。武士ではないのに、なぜ二本差しなのか。絵師の描き間違いでは、との指摘（『新編日本古典文学全集68 井原西鶴集3』小学館）も見受けるが、果たしてそうだろうか（以下の考察は第一章第二話参照）。本書では、これまでの「むかし案内」シリーズと同様、そうした挿絵の細部に注目して解読を試みた。当時の暮らしに触れる楽しみを読者と共有するためだ。さらに、浮世草子の本文をどう読むか、解説ではしばしば作品の中身に踏み込んだ。歴史と文学はきょうだいだ。本書とともに両者の間を行き来しながら、西鶴の人間を見る目の確かさを感じとっていただきたい。

末尾には、原文から一節を引用し、筆者の現代語訳と添え書きを記した。少しでも原文に親しむことで、語句の解釈で悩まされた学校での勉強は忘れて、作品の生の魅力に接してもらいたいからである。なお、原文は主に『新編日本古典文学全集』（小学館）を参照した。一部は『定本西鶴全集』（中央公論社）からとったが、表記については前者に沿って改めた。

西鶴をめぐる疑問と誤解

西鶴をめぐっては、いくつか疑問と誤解があるようだ。

まず、貞享元年（一六八四）六月五日、住吉大社にて一昼夜で二万三千五百句を詠んだ矢数俳諧をどう見るか。

しばしば見られるのが、矢数俳諧は数を誇るパフォーマンスにすぎないとする意見だ。背景に大阪人的な目立ちたがり精神を匂わせているようだ。あるいは、俳壇での勢力争いに勝ち残るための手段だったとする説もある。

はたして、そうだろうか。二十四時間ぶっ通しで、およそ四秒ごとに一句をつくり続けるとは、ただごとではない。人間離れした荒行である。目立ちたがりというだけで、できるだろうか。地位や名誉という世俗的な目的でやるには、あまりにも常軌を逸してはいないか。

二万三千五百句という数を誇って、句の中身はかえりみなかった、などと書いたものも見られる。しかし、なぜそこまでして数を追求したのか、矢数俳諧の現場ではいったい何が起こるのか、突き詰めて考えずに結論めいたことは何も言えないのではないか。文学論は本書の役目ではないので、これ以上は控えておくが、もっと論議されていい問題だと思う。

西鶴は作品の中で金儲けの知恵を説いたとする文章も、よく見られるが、これははっきり言って誤解である。

そうした文章が根拠としているのはたとえば『日本永代蔵』の中の「長者丸《ちょうじゃがん》」なる妙薬の処方を書いたくだりだ。「早起き五両・家業二十両・夜業《よなべ》八両・倹約十両・健康七両」の合計五十両を細かく砕いて調合した長者丸を朝夕飲み、娯楽や教養などは毒と思ってやめれば、長者にならぬことがないというのだが、そんな話を書いたからといって、西鶴が長者になる知恵を読者に勧めたとはいえない。ところが、作品中の話と作者の意見を混同している本が少なくない。『日本永代蔵』には、金銀にとらわれる世相を冷めた目で見ている西鶴がいる。そちらには目をつむって、「この世は金だ」とうそぶく西鶴という、悪乗りした俗説も耳にする。

誤解の背景には、西鶴が名前だけ知られ、なかなか読まれない古典になっている現状があるのではないか。一人でも多くの読者に、作品の中身に触れてもらえたらと思う。

本書では西鶴の浮世草子の諸作品から選んだ二十八話と七つの閑話を紹介、解説している。掲載した絵は、本文にはない情報、角度のちがう描き方がしばしば見られる。浮世草子の挿絵については、水谷不倒《ふとう》をはじめ、いくつかの研究がある。本書では、絵師は誰かといった問題よりも、絵の内容に注目した。

また、西鶴の諸作品については、真作・偽作に関する森銑三《せんぞう》の説や浮世草子の執筆・制作方法にまつわる諸説など興味深い研究があるが、ここでは、通説で西鶴の作品と認められたものをとりあげた。執筆・制作方法については、作品の価値とは別の問題と考え、触れずにおいた。

西鶴をテーマにした本は数多く出ているが、本書のように挿絵と本文の両面から解読を試みたものは珍しいと思う。

銀のお金と遊廓と

さて、本文に入る前に、予備知識をふたつ。話の理解の助けにしていただきたい。

まず、江戸時代の貨幣についてである。

当時は金・銀・銅、三種類の貨幣があり、上方では銀、江戸では金が主に用いられた。銀は目方をはかって使う秤量《しょうりょう》貨幣で、金は数をかぞえて使う計数貨幣。銀と銭は十進法で、金は四進法で計算された。なぜこんなに複雑になったのか。

中世の日本は銅銭中心の経済で、持ち運びの難からくる決済の不便さを解消するため、鎌倉時代には為替が発達した。戦国時代には金・銀の精錬法が革新され、地域によっては金・銀の貨幣がつくられた。銅銭で土地を評価する貫高制《かんだかせい》にとってかわって、米の生産高で評価する石《こく》高制《だかせい》が西日本を中心に浸透し、豊臣秀吉が全国に敷いた。そんないくつもの流れをたばねてできあがったのが、江戸時代の石高制を土台にした貨幣経済だ。幕府は統一的な貨幣制度の確立をめざして金貨、銀貨を発行したが、結果として、銀中心の西日本と金中心の東日本が共存することになった。

だから、江戸時代の大坂が銀を中心に経済が成り立っていたといっても、諸国が相手の商業活動では金建てでの取引や金相場が問題になる場合がある。さらに、日常の暮らしでは銅銭が生きていた。金・銀・銅の三種類の貨幣をつかいわけたのである。そこで、両替商と呼ばれる金融業が発達する。銀と金の両替は、現代人が紙幣と硬貨を両替したりするのと感覚がちがう。円を外国通貨と交換するのに近いと言った方が、実情をあらわしている。商業活動が活発になるほど、銀と金の交換の機会は増える。あるいは相場の動きによって、差益が生まれる。

商人にとって、銀と金はどちらも利を生む大事な「お金」である。西鶴の浮世草子では「万事金銀の世の中」などと、金と銀を並べて「お金」を意味する。現代語訳で「銀」と書いて「かね」と振り仮名がついたりするのも同じ理由による。話の中では、多くの場合、銀が使われているが、千両箱というように金（小判）もしばしば登場する。

銀は重量の単位の匁《もんめ》、貫《かん》が、そのまま銀貨の単位としてつかわれる。銀貨は丁銀《ちょうぎん》と豆板銀《まめいたぎん》の二種類があり、丁銀は四十三匁（約百六十グラム）前後、豆板銀は小粒、細銀《こまがね》などとも呼ばれ一匁（三・七五グラム）から五匁（十八・七五グラム）前後の重量と価値があった。つかう時は、秤で目方をはかって確かめる。一貫は千匁（目）にあたるので、銀一貫は三・七五キログラム。話にしばしば登場する銀十貫目箱は三十七・五キログラムで、かなり重い。嫁入り行列で銀十貫目箱をいくつも担いでいく風景（第一章第一話参照）なども、その目で見れば重みがちがってくる。

一般に銀六十匁と金一両が同価値で、銀十五匁（銀百五十分《ふん》）と金一分《ぶ》、銭一貫文が同価値とされるが、相場によって両替率は変わる。本書では話に出てくる貨幣が現在の円でどのくらいの価値があるか、銀十貫（約千六百万円）といった形で、そのつど記してある。銀六十匁＝金一両＝十万円を基準にした計算である。したがって銀一貫（銀千匁）は約百六十万円、銭一貫文（銭千文）は約二万五千円。銀一匁なら千六百円、銭一文なら二十五円となる。本によって紹介されている換算率にかなりの幅があるが、たとえば近世貨幣金融史の研究で知られる作道洋太郎の『なにわ大阪の歴史と経済』（ブレーンセンター）では銀一匁が約千五百円、金一両が約十万円、銭一文は十五円から二十円に相当すると記されている。本書の数字はこれに近く、かつ読者にとってもわかりやすい換算基準と思われるので採用したしだいである。

また、文中の暦はとくにことわりがなければ、陰暦である。たとえば、五月と書いてあれば陰暦五月、現在の暦では梅雨どきの六月頃にあたる。

もうひとつの予備知識は、遊廓についてである。

時代を越えた人の営み

西鶴の浮世草子は遊廓抜きに語れない。本書でも第三章各話の主な舞台になっている。大坂では新町が唯一の公許の遊廓で、それ以外は私娼のいる色里だった。新町は江戸の吉原、京都の島原と並ぶ遊廓で、盛期には千人を越える遊女がいた。西鶴が描いたのは主に、最高の遊女の位とされた太夫たちである。

新町には太夫、天神、鹿恋《かこい》、端女郎《はしじょろう》といって、遊女の四つの位があった。それぞれ揚代《あげだい》といって値段がちがう。太夫は単に器量がよいだけでなく、ひととおりの芸事と教養を身につけた色恋のエキスパートである。新町の遊女千人の中のひとにぎり、二十人ほどしかいない選ばれた女性たちだ。太夫には引船《ひきふね》、禿《かむろ》と呼ばれるお付きの遊女がいる。

太夫と遊ぶには大金がいる。大尽と呼ばれるほどの金持ちでなければ客になれない。おのずと大尽と太夫との、金を間にはさんでの色恋が題材になる。放蕩の果てに大尽が落ちぶれる話が多いのは、西鶴が活躍した時代の現実だろう。となると、冒頭の「お金と色事ばかり書いた人」という西鶴評は、まったく見当はずれというわけではない。ただ、そうした人物評につきものの軽薄な印象とは裏腹なものが、西鶴の作品にはある。お金と色事はあくまで題材であって、それらを通して描かれた人の営みは、時代を越えた普遍性がある。

遊廓は封建的な女性蔑視の制度だ、けしからぬと眉をひそめる方もおられると思う。筆者も身売りや売春を肯定しているわけでは、もちろんない。しかし、そうした批判は江戸時代を外から見ている現代人のものだとも思う。じっさいにその制度が存在する時代を生きた人々、遊廓の遊女や客に制度の悪を説いてもはじまらない。西鶴の浮世草子にも「苦界」という言葉で遊廓を語っている箇所があるが、そのただ中でも、人の営みはあり、悩みもあれば楽しみもあって、賢い者もいれば、愚かに身をほろぼす者もいる。要するに一人ひとりの人生が、そこにちゃんとあるという点では、今の人々と変わりがない。だからこそ、西鶴の人間観察は今も生きている。

人間が描けているという点で、西鶴の浮世草子は現代の優れた小説に劣らない。同時代から見れば、未来を先取りしていた。発表当時、大評判になり、追随をする者が数多く出たにもかかわらず、西鶴のように書けた者はついにあらわれなかった。西鶴は天才の仕事をした。

世界の偉人リストに載る

前口上はこのへんで、西鶴の生涯を簡単に紹介しておく。西鶴は俳諧師としての活動の方が長く、俳諧に関する著作も多いが、ここでは浮世草子を中心にまとめた。

寛永十九年（一六四二）生まれる。大坂の鑓屋町に住む。十五歳で俳諧を学びはじめ、二十一歳で俳諧の点者となる。号は鶴永。

延宝元年（一六七三）鶴永あらため西鶴に。

延宝三年（一六七五）三十四歳のときに妻が二十五歳で死去。亡妻追善の独吟千句を詠む。西鶴は法体になり、名跡を手代に譲る。本格的に俳諧の活動開始。

延宝五年（一六七七）生玉本覚寺で一昼夜千六百句独吟。『俳諧大句数』として刊行し、自序で矢数俳諧の創始を語る。

延宝八年（一六八〇）生玉社で矢数俳諧を興行し、四千句独吟を成就。

天和二年（一六八二）『好色一代男』刊、大評判になる。

天和四年・貞享元年（一六八四）『諸艶大鑑』刊行。住吉社にて二万三千五百句独吟を興行。

貞享二年（一六八五）『西鶴諸国ばなし』『椀久一世の物語』刊行。

貞享三年（一六八六）『好色五人女』『好色一代女』『本朝二十不孝』刊行。

貞享四年（一六八七）『男色大鑑』『懐硯』『武道伝来記』刊行。

貞享五年・元禄元年（一六八八）『日本永代蔵』『武家義理物語』『嵐無常物語』『色里三所世帯』『好色盛衰記』『新可笑記』刊行。

元禄二年（一六八九）『一目玉鉾』『本朝桜陰比事』刊行。体調くずす。病名不明。

元禄五年（一六九二）『世間胸算用』刊行。

元禄六年（一六九三）『浮世栄花一代男』刊行。西鶴死す。享年五十二歳。法名は仙皓西鶴。

死後も門人の手で、『西鶴置土産』『西鶴織留』『西鶴俗つれづれ』『万の文反古』『西鶴名残の友』が刊行された。


明治以後、幸田露伴、直木三十五、志賀直哉、武田麟太郎、織田作之助、太宰治など多くの作家によって西鶴は再評価され、影響を与えた。学問的な研究もさまざまな角度から続けられている。作品は各国語に翻訳され、昭和四十三年（一九六八）のユネスコ「偉人年祭表」には世界の偉人の一人として選ばれた。墓は今も大阪市中央区上本町西四丁目の誓願寺にある。

第一章　金の世の生き方

第一話　嫁入り行列、今宮へ〈『世間胸算用』巻二の一〉

欲の世に住む金貸したち

銀十貫目箱のからくり

金が金を産む金融という仕組みが、世の中を大きくうごかすようになったのは、経済が大発展した江戸時代からである。大都市では両替商とよばれる商人たちが登場し、通貨の両替から金融へと手をのばした。いわゆる金貸し業である。経済の中心となった大坂では、特に金融を主とする両替商で財をなす者が多かった。

『世間胸算用』巻二の最初の話「銀一匁《ぎんいちもんめ》の講中《こうちゅう》」に「今の世の商売に、銀《かね》かし屋より外《ほか》によき事はなし」の一節がある。今は金貸しにまさる商売はないというのだが、西鶴が描いているのは、金を貸す者と借りる者それぞれの虚実であり、化かしあいである。

たとえば、大名相手の金融業を酒や遊びにまさる楽しみ事にしている金持ち商人たちが集まって、金儲けの相談をする大黒講《だいこくこう》という寄り合いがあった。財政難になった大名の多くは、大坂の大商人から借金をした。ときには貸し倒れになる場合もあり、損をしないように寄り合い仲間で情報交換するのである。それを見て西鶴曰《いわ》く。商人というものは二十五歳の若盛りより気をゆるめず、三十五歳の男盛りにかせぎ、五十の分別盛りに家業を磐石にし、長男に家督を譲って、六十歳前に隠居してお寺参りをするのがよいとされているのに、この人々は「仏とも法ともわきまへず、欲の世の中に住めり」と。

さて本題は、「一匁講」と呼ばれる寄り合いの話である。「大黒講」は資産が二千貫目（約三十二億円）以上の長者[*1]たちだったが、こちらは五百貫目（約八億円）までとやや小粒。それでも悩みの深さは変わらない。金貸したちの裏をかいて、借り手も知恵の限りを尽くしてくる。おめでたい嫁入り行列が、じつは目くらましの大芝居だったりもするのだ。

＊1　長者……資産が千貫目以上の金持ちを長者、五百貫目以上を分限《ぶげん》と呼ぶ（第一章第三話参照）。

嫁入り行列の十貫目箱

警護の男と草履取り

絵は、北浜のある商家の娘の嫁入り行列を描いたものである。嫁ぎ先の堺の商家へは、北浜から堺筋を通って南へ一本道だ。

千両箱より十貫目箱

本文には「去々年《きょきょねん》の霜月に娘を堺へ縁組せしに、諸道具は今宮から長町《ながまち》の藤の丸のかうやく屋の門までつづきし跡から、十貫目入り五つ、青竹にて揃えの大男にさし荷《にな》はせ、そのまま御祓ひの渡るごとし」とある。

嫁入りは「去々年」というから一昨年、霜月は陰暦十一月で今の十二月。そのときの嫁入り道具をはこぶ行列が、今宮（今宮戎神社のあたり）から長町一丁目（現在の浪速区日本橋）にあった藤の丸の膏薬《こうやく》屋の門口まで続いたという。「藤の丸」とは店の商標。もともと清見寺（静岡市清水区）がつくっていた膏薬を門前で売り出したのが藤の丸で、大坂、江戸などに支店を設けていたのである。当時はよく知られた店だった。

今宮から長町一丁目までは二キロほどあり、行列の長さはそのまま財力の証明でもある。「十貫目入り」とは銀十貫目（約千六百万円）の入った銀箱。銀が主につかわれた大坂では、千両箱より十貫目箱だった。これを五つ、背丈をそろえた大男に青竹でかつがせたという。合計五十貫目（約八千万円）。これが持参金である。江戸時代の北浜は長者町とも呼ばれて、裕福な商家が多かった。嫁入り行列もこれみよがしに豪勢だ。警護役とおぼしき男とその草履取りが付き添っている。

男の背丈をそろえるのは、その方がかつぎやすいからだ。十貫目の銀の重量は三十七・五キログラムで、箱も入れるとさらに重い。「御祓ひの渡るごとし」とは、御祓いが神事で、お渡りが神輿の渡御のことだから、夏祭の神輿の行列のように盛大だというのである。当時、大坂で盛大なものの代名詞といえば、天神祭をはじめとする夏祭だった。

さて、この嫁入り行列を出した商家の資産がどのくらいか見当がつくだろうか。

借金隠しの嫁入り行列

本文では、一匁講の寄り合いに集まった金貸したちが、値踏みをする。ある者が「七百貫目（約十一億二千万円）の身代」と言い、別の者は「八百五十貫目（約十三億六千万円）の借銀」と言う。一方は金持ち、一方は借金地獄との判定で、天と地のひらきがある。どちらが正しいのか。

金持ちと判定した金貸しは言った。今宮から長町までつづく盛大な嫁入り行列を出し、十貫目箱を五つも持参金に持たせ、ほかにも息子がたくさんいる家なので、よほどのゆとりがあるはずだと。この金貸しは、嫁を出した家に二十貫目（約三千二百万円）を預けたと言う。「預けた」とは、無利息・無期限で貸したとの意味で、よほど信用したのだろう。

一方、借金まみれと判定した金貸しは、こう言った。まず、嫁入り先の家のやりくりに目をつけ、「芝居並《しばいなみ》の利銀《りぎん》にて何程《なにほど》でも借らるるなり」という実情だと暴露する。「利銀」は利息で、「芝居並」は芝居興業には高利で金を貸す慣習を背景にした表現だ。芝居は浮き沈みの激しい商売だから、当時の最高金利が通常二割のところ、それ以上の金利を要求されるのが常だった。そんな高金利の借金をしている家に、北浜の商家は嫁入り行列を送り出したのである。

どうやら、くだんの嫁入り行列には何か、からくりがありそうだ。

「十貫目箱一つは、かなものまでうつて三匁五分づつ、十七匁五分で箱五つ。中には世間にたくさんなる石瓦。人の心ほどおそろしきものは御座らぬ。両方の外聞、見せかけばかりに内談と存ずる」というのが結論である。行列が運んでいた十貫目の銀箱は、金具を打ち錠をつけて一箱が三匁五分（約五千六百円）、五箱でも十七匁五分（約二万八千円）でできる。箱の中身はありふれた石か瓦であろうという。双方の家が世間体をつくろうために、示し合わせて芝居をしたのである。もし持参金があったとしても、「こしらへなしに五貫目（約八百万円）」がせいぜいだという。「こしらへなし」は嫁入り道具や衣装を持たずにとの意味だ。お互いに苦しい台所事情を抱えた家どうしだからこそ申し合わせができたのだろう。

この家に金を貸すとしても、まずは一、二年、二貫目（約三百二十万円）ほど預けて問題なければ、四貫目（約六百四十万円）ほどを五、六年貸し、大丈夫と確かめたうえでやっと二十貫目（約三千二百万円）が貸せるというのが最終的な判定である。石橋をたたいて渡る金貸し商売の一面がうかがえる。

提灯持ち

挟箱の従者

裸足で歩く男たち

行列の先頭に提灯持ちがいる。その後ろに行列の先導役が、肩衣を着た姿で描かれている。かたわらに草履取りがいる。挟箱《はさみばこ》といって着替えの衣服などを入れた箱をかつぐ従者もいる。さらにつづくのが、持参金の十貫目箱をかつぐ男たち。二人ずつ五組の行列である。

それぞれの足元をよく見れば、先導役が足袋をはいているように見えるほかは、全員が裸足である。先導役の足指が大きく二つに分かれているのに対し、ほかの者たちは足指の一本一本が見えるように描いてある。嫁入り行列のようなハレの日に、銀箱かつぎの下男たちとはいえ裸足で歩くものだろうか。それとも、この頃はまだ裸足で歩く者が少なくなかったのだろうか。『世間胸算用』の刊行は元禄五年（一六九二）である。

町の誰もが履物をあたりまえのようにはくようになったのは、いったいいつ頃からなのか、じつははっきりしていない。こんな身近な問題でも、意外とわからないことが多いのだ。一般に、江戸時代の町の人々の履物は、足袋に草履《ぞうり》や雪駄《せった》の組み合わせ、あるいは下駄といったところで、なかには裸足の者もいたと考えられる。草鞋《わらじ》をはくのは、遠出をしたり、旅に出るときである。絵師は、他の挿絵にもしばしば屋外で裸足と見える人物を描いている。草履や雪駄などをはいている場合は、はっきりそれとわかるように描き分けているので、ここでの裸足は決して手を抜いたりしたわけではなく、根拠があると見た方が自然だろう。嫁入り行列は北浜から堺のあいだを通ったが、草履取りをしたがえた者以外は裸足で歩いたのではないか。通り道の堺筋は当時最も整備され、紀州徳川家の大名行列が通ったことから紀州街道とも呼ばれた道である。

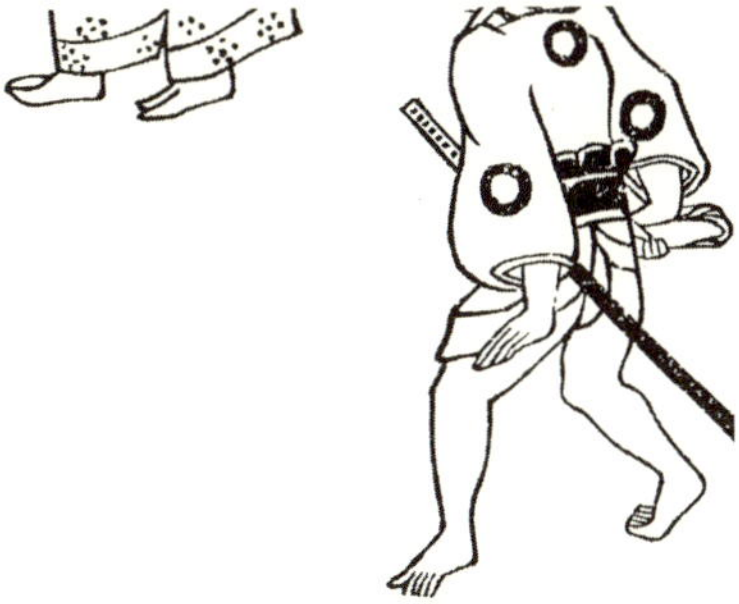

先導役の足元、下男の足元

〔西鶴の言葉〕

（原文） 世に金銀の余慶《よけい》あるほど、万に付けて目出たき事外《ほか》になけれども、それは二十五の若盛りより油断なく、三十五の男盛りにかせぎ、五十の分別ざかりに家を納め、惣領《そうりょう》に万事をわたし、六十の前年《まえどし》より楽隠居して、寺道場へまゐり下向《げこう》して、世間むきのよき時分なるに、仏とも法ともわきまへず、欲の世の中に住めり。

（現代語訳） 世の中で金銀の恩恵にまさるめでたいものはない。二十五歳の血気盛んな頃からよけいなことを考えず、三十五歳の男盛りにしっかりかせぎ、五十歳の分別盛りに一家の土台をかためて跡継ぎに家督をゆずり、六十歳の手前に隠居して寺参りを楽しみに過ごす。これが商人として世間体のよい生き方だというのに、仏も道理もわきまえないで欲の世に生きている。

商人の一生の理想的な姿を要約するとこうなる、という。冒頭部分の原文「金銀の余慶」の余慶とは、先祖の善い行いのおかげで子孫が得られる幸福の意。出典は『易経』の「積善の家に余慶あり」。余慶を「余計（ありあまる）」と解釈する訳もみられるが、商家が代々の財を積み上げていくことに意義をもたせる文脈として読んだ方が味がある。商人たる者、つねに商いに専念し、若さゆえの誘惑をしりぞけ、男盛りで家業をのばし、五十代に後継を育てて、隠居したら店のことには口をはさまず、寺参りなどを楽しみとする。代々このようにしていけば、金銀の余慶で家はますます栄え、世間からも賞賛されるというのだが、こうした商人像が模範とされる背景には、江戸時代に流布した儒教的な価値観があるだろう。『易経』は儒教で重んじられた書である。

しかし、どうやらこれは理想論。商売繁盛、家運隆盛のために迷いなく商売に打ち込むためには、なかば我が身を捨てなければならない。そんな人生のどこが面白いというのか。だから多くの人が仏の教えよりも、欲望の声に耳傾けるのも無理はない……。「欲の世の中に住めり」と戯画化された金貸したちの姿には、武家の教養とされた儒教が商人の世界にも降りてきた窮屈な世相の影がある。

第二話　堺商人の心意気〈『日本永代蔵』巻六の三〉

商人が両刀をさす時

一人息子の命の値段はいくら

　ひとくちに商人といっても気質はさまざま、土地柄によっても色のちがいがある。西鶴の浮世草子によれば、大坂の商人の金づかいがおおむね派手なのは儲け方も派手だから。京都の商人が折りにふれて気前がいいのは、それが都ぶりだからである。

　今回の話に登場する堺の商人、こちらは倹約第一の手堅さで知られていた。『日本永代蔵』（巻六の三「買い置きは世の心やすい時」）本文には、堺は長者のかくれ里で、底知れない大金持ちが数知れず住んでいるとあり、その一端がいくつかの逸話で明かされる。名のある諸道具・唐物《からもの》（舶来品）を五代前の先祖より買い置きして内蔵《うちぐら》におさめ置く人もあり、お内儀が十四歳の嫁入りの時の持参銀五十貫目（約八千万円）を娘の嫁入りにそのまま持たせる家もあるという。

　銀を残すには銀をつかわないのがいちばん。これこそ長者になる秘訣なのである。

　話の主人公は堺で小刀屋《こがたなや》を名乗る商人。はじめはたいした身代もなく、毎年元旦に書き置きする遺言状に記された金額も三貫五百匁（約五百六十万円）とわずかだったが、二十五年の商いの末、臨終の時の遺言状には八百五十貫目（約十三億六千万円）の現金を子供に残した。大商いに打って出るときもあったが、おおむね堅実を絵に描いたような生涯であったようだ。

　この小刀屋の生前の逸話が本題だ。一人息子が重病になり、不治の病を宣告されたとき、ある医師の治療によって一命をとりとめ快復をした。そのあと小刀屋は薬代を謝礼として渡したいと申し出たのだが、その時点での身代は四十貫目（約六千四百万円）に足らなかった。倹約第一の小刀屋は、いったいいくらの謝礼を払っただろうか。

刀は商人にとっても魂だった

小さな身代の商人が大商いに成功して金持ちの仲間入りをする。ふだんは倹約を旨とする商人たちも、ここと見込んだチャンスには思い切った勝負に出る。『日本永代蔵』の小刀屋と名乗る商人の話はその鮮やかな一例だ。

絵の立ち姿が小刀屋である。大小二本の刀を腰にさしているのに注目を。武士でもないのに、なぜ両刀をさすのか。そもそも町人は刀を持っていたのか。疑問がいろいろ湧いてくる。絵師が描き間違えて、わざわざ刀を描き加えたとは思われない。

秀吉の刀狩は江戸幕府にも政策として受け継がれ、農民、町人は帯刀を禁じられたと、一般によくいわれる。例外として旅行時の護身用に脇差を持つのが許されたが、民衆は丸腰だったというのである。こうした見方も近年はあらためられつつある。藤木久志『刀狩り』によると、じっさいには江戸時代をとおして多くの農民、町人の家に刀があった。武器としての使用は禁じられていたが、特別な日には町人も大小の二刀を腰につける時があったという。刀は武士の魂といわれたが、町人にとっても刀、特に大刀は心のよりどころとしての性格を帯びていた。刀狩は民衆の武装を解除し、武士との身分区別を明確にしたが、刀がもつ心理的な意味までは変わらなかったのである。

だから、主人公の小刀屋が大小二刀をさしているのは、絵の場面が小刀屋にとって特別に重要な意味をもっていたのを示している。そうなのだ。彼は今、身代を賭けた大商いに乗り出したところなのである。彼はこのあと小刀（小商人）から大刀（大商人）に出世する。

絵は小刀屋の蔵の前。目の前に松と浜辺が描かれ、蔵が荷揚げの浜のすぐ近くにあったとわかる。小刀屋は、堺の湊《みなと》から大量の緋綸子《ひりんず》を買い上げ、運ばせた。綸子は生糸の高級織物である。緋綸子の緋とは深紅色をさし、染色が難しいことから綸子の中でも高級品のしるしとされた。あるとき長崎に生糸を積んだ唐船が大挙して入港し、最上質の緋綸子が安く入手できるようになった。

蔵の前で両刀をさす小刀屋

綸子を運ぶ人足

堺の浜と松

機をとらえて、小刀屋は十人の知人から銀五貫目（約八百万円）ずつ借り、合計五十貫目（約八千万円）を元手に綸子を仕入れ、売りさばいて三十五貫目（約五千六百万円）の利益を得た。これが小刀屋が分限者となるきっかけになった商いである。

絵で人足たちがかついでいるのが、綸子の荷。次頁の絵の床几《しょうぎ》に座った手代が、二重箱になった掛硯《かけすずり》を脇に置き、帳面をつけている。荷の数などを記録しているのだろう。蔵の中では荷を積み下ろす人足がいる。

蔵の入り口に立っている小刀屋は、荷の到着を待ちかねて迎えに出てきたのである。大小の二刀を差しにしている。町人は脇差（小刀）の帯刀は許されても、両刀差しは武士だけの特権だったとするのが、江戸時代の実情を反映していないのは先述のとおり。少なくとも十七世紀の半ば頃まで、町人の帯刀（両刀差し）は自由であった。百姓・町人の帯刀停止令が諸国に広まるのは、寛文八年（一六六八）に江戸で出た「惣町人刀停止」の町触れがきっかけで、天和三年（一六八三）には従来認められた旅立と火事での帯刀、特権町人の帯刀も禁止された。ただし、禁止されたのは帯刀のみで、所持は許され、刀じたいが没収されたわけではない。さらに献金すれば帯刀権が買えるなど、町や村から刀は消えなかったのである（藤木久志『刀狩り』）。

少なくとも『日本永代蔵』が書かれた当時の読者には、町人の両刀差しが不自然ではなかったのは確かなようだ。絵は、大商いにのぞんで両刀差しで意気を示した場面とうけとれる。本文には小刀屋の帯刀を示す言葉はなく、絵師が一興として登場人物にそんな演出をほどこしたのである。大坂は町人の町で武士の影がうすかったと従来しばしばいわれてきたが、幕府直轄地として地子銀（税金）免除など商業活動上の恩典を受けた大坂町人たちは武家支配の穏当な支持者でもあった。刀を大事に思う心においても、町人は武士とどこかで通じるところがあったのである。

帳面をつける手代と掛硯

命の礼金は身代の何分の一？

さて、ここから話は急転回する。綸子の商いに成功して分限者になった小刀屋の跡取り息子が大病をわずらい、ある医者のおかげで九死に一生を得た。子供の命の恩人に謝礼をするとして、読者はいったいどのくらいの金額を考えるだろうか。それは財産の何分の一だろう。

もちろん、人の命は金額に換算できない。しかし、『日本永代蔵』の世界では、命も金銀を尺度として話がすすむ。西鶴は拝金主義を肯定しているわけではない。といって批判しているわけでもない。小商人が分限者になるという金銀ずくめの話の流れが、おのずと我が子の命にも値段をつけてしまうのである。士農工商の最下層の身分に位置づけられた商人が実力をつけ、自らの生き方を示すようになったとき、その活力の源となる金銀であらゆる事柄が語られるのは当然かもしれない。いや、それこそが町人の時代の姿ではないか。町人は金銀を生涯の伴侶として生きていくものだ。善悪の問題ではない、それが現実だ。金銀とは町人とは、なんと面白いものではないか。そう、西鶴は言っているのである。

話のあらましはこうだ。小刀屋は、いろいろな医者に息子を診せたが効き目がない。ある人から徒歩《かち》医者*1ながら良い治療をする医者を紹介され、診てもらったところ、七分どおり快復した。しかし病状が停滞したので、名医と評判の医者に代えたが、かえってみるみる悪くなり、ついに不治の病とみえた。小刀屋の夫婦は、徒歩医者を世話してくれた人に頭を下げて頼み込み、もう一度その医者に息子をまかせた。半年ほど与えられた薬を飲むと、鬼のように元気になった。

喜んだ小刀屋は紹介者の夫婦に、薬代をお礼として医者に渡してほしいと言った。それを聞いて夫は「気張って銀五枚くらいは出すだろうか」と思い、妻は「そんなには出さぬ、せいぜい銀三枚」と思った。銀五枚とは丁銀*2五枚の意味で約三十四万円、銀三枚は約二十万円に相当する。

ところが、じっさいに小刀屋が持参したのは銀百枚で、約六百九十万円。さらに真綿二十把《ぱ》、斗樽二つ、箱入りの干鯛も付けてきた。医者は多すぎると遠慮したが、紹介者は銀百枚は貸したものということにして受け取らせ、立派な家屋敷を購入させた。これを機に医者は名を上げ、まもなく乗り物に乗って往診できる身分になった。

綸子で儲けた時点での小刀屋の身代はまだ四十貫目（約六千四百万円）にも満たなかったから、銀百枚の薬代は身代の十パーセントを超える大金だ。

話の冒頭にもあったように、商人というものは倹約を第一とし、わずかな出費でも惜しむものである。息子の命のお礼とはいえ、商人の命というべき金銀を惜しまずさし出した小刀屋は気風が大きい。小刀屋が亡くなる頃、身代は八百五十貫目（約十三億六千万円）になり、息子に継がせたという。倹約だけでは商人は大きくなれない、肝心なところで物惜しみせぬ心が家を栄えさせるというのである。

一見、商人の成功の心得を説いているようだが、眼目はそんなところにはない。本文には「四十貫目にたらぬ身代にて銀百枚の薬代せしは、堺はじまって町人にはない事なり」とある。小刀屋のように薬代に大金を出したのは堺はじまって以来で、町人にはありえない話だという。素直にサクセスストーリーとしても読めるが、紹介者夫婦の銀五枚あるいは三枚という辛い値踏みの方が真実をついているといった読み方もできる。西鶴作品の多面性である。

＊1　徒歩医者……歩いて診療にまわる医者。かせぎのよい名のある医者は、駕籠や馬などに乗って往診した。

＊2　丁銀……銀貨は丁銀と豆板銀の二種類があった。丁銀は重さ四十三匁（約百六十グラム）で、三枚がほぼ金二両（約二十万円）に相当した。

〔西鶴の言葉〕

（原文） 毎年元日に書置して、四十以後死をわきまへ、正直に世渡りするに、自然と分限になつて、泉州堺に小刀屋とて長崎商人あり。

（現代語訳）　毎年元日になると遺言状をしたため、四十歳を過ぎてからは、人は必ず死ぬものとわきまえ、正直を旨として世渡りをするうちにおのずと分限と呼ばれる金持ちになった商人がいた。泉州の堺に住む小刀屋という長崎貿易を営む商人である。

毎年正月に遺言状を書くのは、万一のときに相続などで遺族が揉め事を起こさないために、商家のあいだで広まった風習である。江戸時代になると世の中が安定し、商人たちは家業の永続を願うようになった。遺言状はそのための知恵だろう。西鶴の『日本永代蔵』には一代で身をおこし財を築いた人々の逸話がいくつも載っているが、一方で成功をかちとった富者とそれ以外の商人のあいだに壁ができ、資金なしの裸一貫から富を築くのが困難になった状況も描いている。だからこそ築いた身代を守ることの重大性が切実感をもつ。商人として生きる道を考えるようにもなる。商人道徳の芽生えである。江戸時代には家訓を定めて、代々守るというような商家も増えてくる。

ここで言われている「正直に世渡りするに、自然と分限になつて」というのが、商人道の最大公約数的な人生観である。商売とは品物を安く買い、高く売って利潤を得て成り立つものだが、そこに「正直」さがなければ、度を越した利潤追求によって自らを滅ぼす結果になりかねない。正直は自らの繁栄ももたらしてくれる。「人は必ず死ぬものとわきまえ」とあるのも、いずれは死ぬ身で利潤を貪ることの無意味さを諭しているのである。こうして商人道徳が広まった元禄時代に、西鶴は筆をふるった。世の中に道徳は大事だが、道徳以外にさまざまなものを抱えているのが人間の味だと。

第三話　水間観音の初午〔『日本永代蔵』巻一の一〕

銭になる信仰

十三年で八千倍の財産に

江戸時代は寺社参詣が盛んだった。寺社は、当時の名所絵でもっとも一般的な題材である。四季の行事や旅行ともむすびついて、参詣は人々にとって大きな楽しみ事だった。信仰と遊びはどちらも日常から離れたもの、人々の心を解きほぐすものであった。

西鶴が信仰を題材に筆をとると、どうなるか。『日本永代蔵』は一代で財を築いた成功者の列伝だが、冒頭の「初午《はつうま》は乗って来る仕合《しあわ》せ」が信仰と金の話。その一節に「士農工商の外《ほか》、出家・神職にかぎらず、始末大明神の御託宣にまかせ、金銀を溜むべし」とある。身分がなんであろうと、神仏につかえる者であろうと、倹約の神様の託宣どおりに金を貯めよ、というのである。ところがその一方で、蓄財したからといって「死すれば、何ぞ金銀瓦石《がせき》にはおとれり（死んでしまえば金など瓦や石以下）」と切り捨てる。かと思えば、「しかりといへども、残して子孫のためとはなりぬ（残った金は子孫の役に立つ）」と言いなおす。おまけに、命以外のものは金の力でどうにかなるのだから「これにましたる宝船のあるべきや（金以上の財宝はない）」と讃えている。上げたり下げたり、西鶴は万事が金の世の中という風潮を笑っているようだ。

今も名所に数えられる和泉の水間寺（現大阪府貝塚市）は、かつて参詣人に銭を貸す習わしがあった。一文（約二十五円）かりて翌年に二文（約五十円）を返す、百文（約二千五百円）かりれば二百文（約五千円）にして返す。ご本尊の観音の銭を拝借したわけなので、誰もがおこたりなく返済したという。小額とはいえお寺が金融とは意外だが、そこへ銭一貫文（約二万五千円）を借りたいという男があらわれた。水間寺はじまって以来の高額の借り入れである。名前も住所も言わず、男は立ち去った。この金、はたして返ってくるのだろうか……。

寶
吉

絵は話の舞台となった水間寺。貝塚市水間にある天台宗のお寺である。初午の日が縁日で、多くの参詣人が訪れる。

利息ほどおそろしき物はなし

「折ふしは春の山、二月初午の日、泉州に立たせ給ふ水間寺の観音に、貴賤男女参詣《もう》でける。皆信心にはあらず、欲の道づれ」と、本文にある。二月の初めての午の日は、稲荷の縁日である。京都伏見の稲荷神社の祭神が和銅四年（七一一）の初午の日に降臨したとの伝承から祭日となり、各地に広まって、江戸時代に流行した。和泉国の水間寺はその初午参詣が盛んだが、信心ではなく欲のためだというのである。

面白いことに西鶴は、水間寺の観音のお告げと称して、この世にぼろ儲けなどはなく、与えられた仕事に励むのがいちばんと言わせている。もっとも、せっかくのお告げも「諸人の耳に入らざる事の浅まし」となるのだが。

さて、「それ世の中に借銀の利息程おそろしき物はなし」と前置きして語られるのが、本題となる次の逸話である。結末はめでたしめでたしで終わるこの話、ここまでの文脈からみて、どうもそのまま素直に読めないところがある。

水間寺には借銭《かりぜに》といって、参詣人が銭を借りて翌年に倍にして返す習わしがあった。観音様の銭であり、額も多くて十銭（約二百五十円）ほどで、返済を滞る者はまずいない。そこへ「借銭一貫（約二万五千円）」を申し出る男があらわれた。名前も名乗らず、いなくなり、寺では、とても返済されるとは思えない、今後は多額の借銭は断ろうと相談しあった。

銭一貫は実質どのくらいの価値があったのか。宝永六年（一七〇九）に定められた大坂三郷（北組・南組・天満組）の職人日雇賃金によると、大工の一人一日の賃金は銀三匁三分から五分（約五千三百から六百円）となるから、

水間寺の三重塔

銭を積んだ馬の群れ

水間寺の僧

銭一貫は大工の四日分の賃金より少し多い程度である（渡邊忠司『町人の都大坂物語』）。少額ではないが、さほどの高額ではない。しかし、水間寺の借銭の利息は倍返しだ。もし五年、十年そのままにしておけば、どのくらいの利息がつくか。「借銀の利息程おそろしき物はなし」という、その顛末はいかに。

長者誕生の物語、それとも

絵がその答えである。左側が水間寺の境内。三重の塔が見える。参詣人を出迎えるように、僧侶が座っている。前にあるのは銭を入れた箱。

僧侶の前にいる編笠の男が、銭一貫を借りた張本人だ。うしろに馬子と荷駄を積んだ馬がぞろぞろとついて来る。荷駄の中身はすべて銭。一頭の馬に四十貫（約百万円）を積んでいる。借りた銭を返しに来たというのである。どうやら一貫を元手にひと財産つくったのだ。

男は武蔵野国江戸小網町で漁師相手の船問屋を営んでいた。商売繁盛を喜び、掛硯《かけすずり》（第一章第二話挿絵・本文参照）に「仕合丸《しあわせまる》」と書き、借りた銭を入れた。出漁する漁師に、水間寺の観音の銭だと言って百文（約二千五百円）ずつ貸したところ、幸運を呼ぶと次々に借り手があらわれた。一年で二倍にして返す勘定で、十三年後には、一貫の銭が八千百九十二貫（約二億四百八十万円）になったという。思いもよらない大金である（銀も銭も同じ貫という単位を用いるので、混乱した読者がおられるかもしれない。銀一貫＝銀千匁＝約百六十万円、銭一貫＝銭千文＝約二万五千円との前口上に記載の目安を参照されたし）。

この大金をすべて馬に乗せ、武蔵野国から和泉国の水間寺まで東海道をやって来たというのだが、一頭に四十貫の銭を積んだとして、馬の数は二百余頭になる豪勢さ。もちろんこれはホラ話。おおげさな数字を出して笑いを誘うのは浮世草子の常套手段である。寺の僧たちは感嘆して、都から大勢の大工を呼んで寺に宝塔を建立し、後世の語り草にした。

男は網屋という名の武蔵国では知らぬ者のない大金持ちになり、その蔵は常夜灯でいつも明る

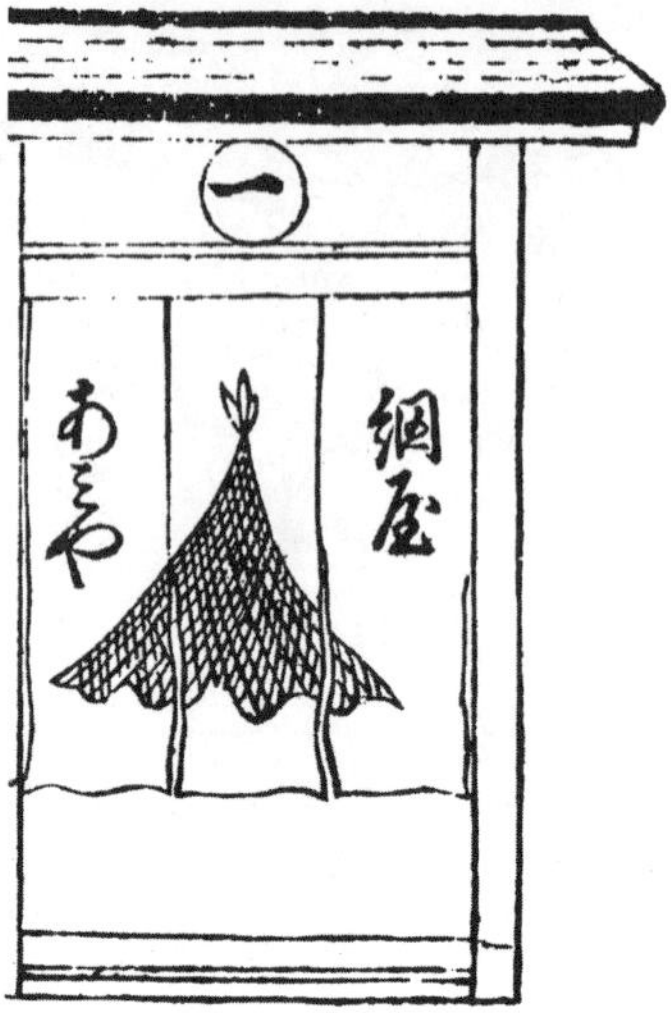

網屋の暖簾（『日本永代蔵』巻一目録）

かったという。当時は財産が銀千貫目（約十六億円）以上の金持ちは蔵に常夜灯をともす風習があった。ちなみに、親の遺産をもらわず、自分の才覚でかせいで銀五百貫目（約八億円）以上の金持ちになった者を分限《ぶげん》といい、千貫目以上になった者を長者と呼ぶと西鶴は記している。

借銀の利息のおそろしさを説いた前置きから、寺の借銭の利息が利息を生んで、男が長者になる展開につながるのは、やはりただのハッピーエンドではない。「水間寺の観音に、貴賤男女参詣でける。皆信心にはあらず、欲の道づれ」とあったように、西鶴の目は信仰さえも欲がらみ、万事が金の世の中をとらえている。長者誕生のサクセスストーリーに見えて、皮肉が効いて、滑稽味もある。この話は、長者話を集めた『日本永代蔵』の巻頭を飾っている。

ところでこの網屋という男、絵でも、話の中でもとびきり野暮な田舎者として描かれている。

編笠の男（網屋）

時代遅れ装束の意味

本文はそのいでたちを「風俗律義に、あたまつき跡あがりに、信長時代の仕立着物、袖下せはしく、裾まはり短く、うへした共に紬のふとりを無紋の花色染にして、同じ切《きれ》の半襟をかけて、上田縞の羽織に木綿裏をつけて、中脇指に柄袋をはめて、世間かまはず尻からげして」と描いている。たたみかけるのが西鶴の文体の特徴だが、ここでも言葉を尽くして不恰好さが強調されている。年のころは二十三、四の頑丈そうな男という。「風俗律義に」のとおり、実直そのものの姿が以下にならぶ。「跡あがり」は鬢《びん》（頭の左右側面の髪）の後ろが上がって見えるように月代《さかやき》を剃ったもので、跡さがりより古風な髪のスタイル。「信長時代の仕立着物」は時代遅れの衣装の意、「袖下せはしく」「裾まはり短く」はともに着物の質実さをあらわし、「紬のふとり」は太織《ふとおり》の厚地で、「無紋の花色染」は無地の花色染め。さらには半襟も同じ生地で、羽織の裏地は木綿。中脇差に柄袋は旅装束の典型。尻からげはいささか品のない格好ではあるが、動きやすくはある。

馬子　参詣帰りの男女　武士

絵の馬子たちも尻からげしている。尻からげは下層の者をあらわすサインでもあり、網屋の素性をうかがわせる。時代遅れもはなはだしい、出自も不明の人物に描かれた網屋が、じつは信心深い正直者で儲けをそっくり観音にかえしたという結末は、前半の欲深い参詣者たちの描写と対照的だ。網屋はいでたちも行動も、もはやどこにもいない時代錯誤の人物なのだろう。

左の馬の腹当てには「吉」と書かれている。「宝《たから》」「仕合《しあわせ》」と書かれた馬もいる。縁起かつぎなのだが、馬がかついでいるのは文字どおりの幸運の宝物というわけだ。

左上の参詣帰りとおぼしき男女がかついでいるのは花をつけた枝。初午の季節がら、椿だろうか。枝にぶらさげているのは髭籠《ひげご》といって、竹編みの籠。編み残しの端が髭のように出ているので、この名がある。土産物が入っているのだろう。男の衣装は、網屋を名乗る男とくらべれば、袖も裾もゆったりとして、月代も跡さがりに描かれている。さしている脇差は町人が護身用に携えるもので、鍔《つば》のついた短い刀。

右上には杖をつく武士の姿が見える。大小二本の刀をさしている。

〔西鶴の言葉〕

〔原文〕　天道言《ものい》はずして国土に恵みふかし。人は実あつて偽りおほし。その心は本虚《もときよ》にして、物に応じて跡なし。これ、善悪の中に立つてすぐなる今の御代をゆたかにわたるは、人の人たるがゆゑに常の人にはあらず。一生一大事身を過ぐるの業《わざ》、士農工商の外《ほか》、出家・神職にかぎらず、始《し》末大明神《まつだいみょうじん》の御託宣にまかせ、金銀を溜むべし。これ、二親《ふたおや》の外に命の親なり。

〔現代語訳〕　天は無言のうちに国土に深い恵みをもたらすが、人は中身があるようでも偽りが多いものだ。人の心はもともと虚で、事物にあわせてただ動いているだけである。だから、善悪半々あるがままの今のような生きにくい時代をゆたかに生きられる人こそ、人の中の人と呼ぶにふさわしい。そのような人物はもはや常人ではない。一生の一大事とは生業《なりわい》にほかならず、士農工商あるいは僧侶、神官もなべて「もったいない大明神」のお告げのとおりに金銀をためよ。両親のほかに親があるなら、金銀こそ命の親とよぶべきものである。

『日本永代蔵』巻頭の「初午は乗って来る仕合せ」の書き出しである。当時、古詩・古文の模範として広く読まれた『古文真法《こぶんしんぽう》』から、「天道言はずして国土に恵みふかし」「心は本虚にして、物に応じて跡なし」のふたつの文章を引き、あてにならないのは人の心だと述べている。『古文真法』は中国の宋の時代に編まれた古典。以下の文面を額面どおりに受け取れば、ひたすら倹約を勧めるだけの内容に見える。そう見せておいて、いつのまにやら文脈をねじれさせ、滑稽や皮肉の味をかもしだすのが西鶴の筆である。

このあと、金銀の大切さを熱心に説き、さらには神仏を祀る必要性にもふれ、和泉の国の水間寺の借銭の風習にまつわる話を紹介する。くだんの男が観音の金をもとに、寺がやっている借銭のやり方を真似てひと財産つくり、それをそっくり寺に寄進する。信仰深い正直者の徳を讃えた成功譚のようで、男はお寺がやっている金貸しのやり方を真似て一年で倍返しの高利息をかせいだだけなのである。おまけに寺僧は、男に銭をだましとられたと疑ったりもする。信仰や倹約の大事さをもっともらしく説いた話に見えて、中身の人間模様のリアルなこと。

同時代の作者で、これほど自在に人の世の裏表を文章化した者はいない。西鶴の浮世草子の登場は、それまでに流行していた仮名草子を時代遅れの読み物にしたのである。

「皆信心にはあらず、欲の道づれ」とは参詣に訪れる男女を評した文言だが、この一節に一話の骨がある。だからといって、誰も寺社参りは無意味だからやめようとは言わないし、神仏などいないのだと口にする者もいない。江戸時代をとおして参詣は盛んであったし、信仰にもとづく寄進や勧進も日常的に行われていた。信心と合理性が生活のなかで矛盾もなく共存していたのがこの時代の面白さである。

第四話　北浜の繁栄風景〔『日本永代蔵』巻一の三〕

無一文から成り上がる

主人公は躍動する商都

ここにとりあげた「浪風静かに神通丸」は、『日本永代蔵』のなかでもよく知られた話である。長者町ともいわれた北浜の風景描写は圧巻だ。

難波橋から西を見渡すと数千軒の問屋が屋根をならべ、蔵の白壁は雪より白く、積み上げた米俵の山を動かすように馬ではこべば大道が轟き、まるで地雷だ。川面には上荷船（二十石積）や茶船（十石積）が無数にうかび、米市場では米刺し（米俵に刺して米の品質を調べる竹筒）の先を争う若衆の勢いが虎が伏す竹のようで、帳面は雲をひるがえし、算盤ははじける霰《あられ》、天秤の針口をたたく音は鐘の響きより高い……。本文はさらにつづけて、特に栄えている富商として、鴻池、淀屋などの豪商の名をあげ、これらはもとの商売をやめて金融を主に営む両替商などで財を築いたと紹介している。

元禄期は江戸時代の経済発展の絶頂期だった。豪商が威勢を張り、大小の長者がたくさん生まれた。奉公人から苦労して長者に成り上がる者がいる一方で、主の金で私的な商売をするなど道をはずれて身をもちくずす者が数え切れないと本文にある。大坂の商人の多くは大和・河内・摂津・和泉近在の農家の出身である。次男以下の子供が丁稚奉公に出て、年季をつんで成り上がり、金持ちになる者があらわれる。

すべては心がけ次第という至極あたりまえのことをもっともらしく説きつつ、西鶴の筆はある老女と息子の成り上がりの物語をつむぎだす。母子はどんな心がけの持ち主だったのだろうか。

船頭

水夫

船上の宴

大船が富の象徴だった

絵は、唐金屋《からかねや》の大船、神通丸《じんつうまる》。唐金屋とは現在の大阪府泉佐野市にいた豪商の唐金屋庄三郎をさす。その持ち船の大通丸をもじっての命名である。「泉州に唐金屋とて、金銀に有徳《うとく》なる人出来ぬ。世わたる大船をつくりて、その名を神通丸とて、三千七百石つみても足かろく、北国の海を自在に乗りて、難波《なにわ》の入湊に八木《はちぼく》の商売をして、次第に家栄える」本文は神通丸をこう紹介している。「三千七百石つみても足かろく」とあるが、当時は千石船という呼び名があったのでもわかるように、大船といえども米を千石積める程度だった。もっとも巨大なものでも二千石あたりが上限である。和船は帆をひとつ持つだけで、日本の沿岸を航行する目的にのみつかわれ、海が荒れればすぐに着岸して避難できたから、洋式帆船のように竜骨や複数の帆をもたせて大型化する必要はなかった。標準的な千石船は長さ五十尺（約十五・二メートル）、幅二十五尺（約七・六メートル）、深さ八～九尺（約二・四～二・七メートル）。一石（百升）の重量はおよそ百五十キロ、千石はおよそ百五十トンに相当する。一石の米は人ひとりの年間の米消費量をあらわす。

絵の神通丸には十八人が乗っており、米俵も見えるが、「三千七百石」も積める大きさにはとても見えない。人物を大きく描いて見せるために、船は小ぶりにしたのである。

「北国の海を自在に乗りて」とあるのは、神通丸が北海道と大坂を往来した北前船として活躍したのを示す。北前船は西国の米や塩、酒などを北国で売り、帰りに昆布やニシンなどを買い入れて日本海から下関、瀬戸内海をまわって大坂へ運んで売った。これがいわゆる西廻り航路で、商都の流通の動脈だった。

「難波の入湊に八木の商売をして」の難波の入湊とは、江戸時代の大坂の海の玄関だった安治川口の港をさす。港で荷は小舟に積み分けられ、市中を縦横にめぐる堀川を通って各所に運ばれた。八木の商売は、八と木を合わせて米の字になることから、米の商いの意。この頃、北浜にあった米市は全国の米相場を決めるといわれ、日本第一の賑わいを誇った。各地の大名は大量の年貢米

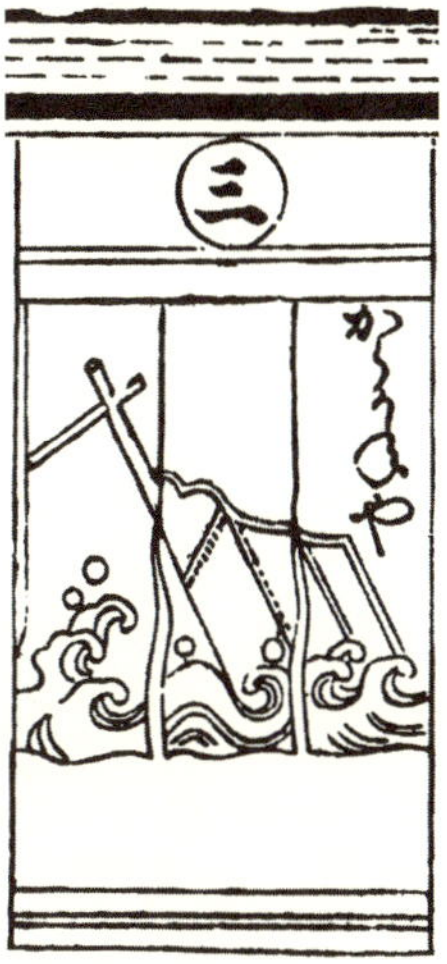

唐金屋の暖簾
（『日本永代蔵』巻一目録）

を大坂へ送って売りさばき、利益をあげようとしたが、商人たちもそこに大きな商機を見出した。

舳先《へさき》に立つ片肌脱ぎの男は水夫《かこ》。手をかざしているのは空模様をうかがっているのか。そばにいる客もつられて空を仰いでいる。船尾には左右に櫓をこぐ水夫たちがいる。艫《とも》に鉢巻姿で立っているのが船頭で、船中のいっさいを仕切る長《おさ》である。船の中央では客たちが船出の酒宴を楽しんでいる。川口の港を出てまだまもないのだろう、神通丸のかたわらを行く小舟が、そのしるし。小舟は、市中の浅い堀川に入れない大船の人や荷物を川口で移してはこぶためのものである。

唐金屋の暖簾の絵を見れば、波頭に突き出た船の舵の形が描かれている。波を乗り越え富をもたらす船は、唐金屋の盛運の象徴のようである。大船の出帆は、大坂商人たちが富を求めて海に乗り出す姿と重なる。しかし、この話の本題は別のところにある。大船はすでに富を得た者のシンボルであって、富なき者が富を得るためには、その者自身に必要な資質があった。話はまだこれからなのである。

母子二代で成り上がり

北浜に西国から船に乗せて運ばれる米が荷揚げされるとき、米刺しと呼ばれる筒を米俵に刺して、検品が行われる。そのさい筒《つつ》落米《おまい》といって、米刺しからこぼれ落ちてる米があり、塵もつもればのたとえどおり、それを箒でせっせと掃き集めて、その日暮らしの糧にしている老女がいた。ある年、検地が行われて田地にかかる租税が上がり、年貢米が増えて、今まで以上に大量の米が大坂の米市にはこばれるようになった。諸国の大名は米市で米を換金して収入源としたのである。蔵がいっぱいになり、場所を移すたびに米は落ち、老女が掃き集める米も朝夕食べてもなお一斗四、五升もたまった。その年のうちに七石五斗に増え、ひそかに売った。毎年つづけて二十余年でへそくり十二貫五百匁（約二千万円）を蓄えた。

老女に息子が一人いて、九歳のときから桟俵《さんだわら》（米俵の両端をふさぐ藁）の捨てられたものをひろい集めて、銭緡《ぜにざし》の紐（第一章第八話参照）をなわせ、両替屋や問屋に売らせたところ、いつしかかせぎのすべを身につけて、小判の一日貸しや小額の短期貸しをはじめるようになった。息子はやがて今橋に銭店《ぜにみせ》をひらいた。銭店は小資本でできる金銀と銭の両替の店で、今橋は三十石船の船着場に近くて人の往来が多く、小額の両替の需要が多かった。明け方から日暮れまで毎日ひまなく金をうごかし、十年たたぬうちに両替仲間に一目おかれる存在になった。小判市といって小判の売買で金銀交換のレートを定める市があり、ここでも息子は相場を動かす実力者になった。世間はおのずとこの男の顔色をうかがい、旦那旦那ともちあげた。男の生まれ育ちをしらべあげ、あのような輩《やから》にへいこらするのはくやしいと言い張る者でさえ、急な金が入用のときには男に頭を下げた。のちに男は掛屋《かけや》とよばれる大名相手の御用商人にまで栄達をとげ、そうなるともはや昔のことを言い出す者もいなくなり、有力な町人と縁組をして家や蔵をいくつも建てた。

「諸国をめぐりけるに、今もまだかせいで見るべき所は大坂北浜、流れありく銀もありといへり」が結びの言葉。大坂の北浜ほど金銀が流れ歩き、かせげる場所はないというのである。

〔西鶴の言葉〕

（原文）　惣じて北浜の米市は、日本第一の津なればこそ、一刻の間に、五万貫目のたてり商《あきない》もある事なり。その米は蔵々に山をかさね、（中略）難波橋より西見渡しの百景、数千軒の問丸甍《といまるいらか》をならべ、白土雪の曙をうばふ。杉ばえの俵物、山もさながら動きて、人馬に付けおくれば、大道轟き地雷のごとし。上荷《うわに》・茶船《ちゃぶね》かぎりなく川浪に浮びしは、秋の柳にことならず。米さしの先をあらそひ、若い者の勢ひ、虎臥す竹の林と見え、大帳雲を翻し、十露盤《そろばん》丸雪《あられ》をはしらせ、天秤二六時中の鐘にひびきまさつて、その家の風、暖簾吹きかへしぬ。商人あまたあるが中の島に、岡・肥前屋・木屋・深江屋・肥後屋・塩屋・大塚屋・桑名屋・鴻池屋・紙屋・備前屋・宇和島屋・塚口屋・淀屋など、この所久しき分限にして、商売やめて多く人を過ごしぬ。

（現代語訳） 北浜の米市は、日本一の大坂の湊《みなと》だからこそ、わずか二時間の立会で取引が五万貫目（約八百億円）にのぼることがある。米は蔵という蔵に山積みで、難波橋より西を見渡せば、数千軒の問屋が甍をならべ、蔵の白壁が朝日に照る雪よりも輝く。天にのびる杉のように高々と積まれた米俵を、山を動かすように馬の荷にして送れば、大道が地雷のように轟く。波立つ堀川には上荷船、茶船が数限りなく浮かび、秋の水面を埋める柳の落葉のようだ。米俵あらための米刺しの先を争う若い衆の勢いは竹林の虎に似て、大福帳は雲のようにひるがえり、算盤は霰《あられ》のようににぎやか。銀をはかる天秤をたたく小槌の音は時を告げる鐘より高く、それぞれの家風をはらんで暖簾をはためかす。商人は大勢いるが中之島の岡・肥前屋・木屋・深江屋・肥後屋・塩屋・大塚屋・桑名屋・鴻池屋・紙屋・備前屋・宇和島屋・塚口屋・淀屋などは、息のながい金持ちたちで、店売りの商いをやめ、金融業に転じるなどして多くの使用人を養い、栄えている。

北浜にあった米市の繁栄ぶりを伝える文章として、しばしば引用される箇所である。諸国の米がここに集まり、諸国の米相場がここで決まったといわれた。最後に列挙された豪商のなかでも、鴻池屋、淀屋はよく知られている。

しかし、話は大坂繁盛記で終わらない。長者といえども代々つづいた家ではなく、たいていは地方出身の丁稚からの成り上がりである。おちぶれるのも、長者になるのも、性根しだいと述べておいて、本題の老女と息子の大出世物語へとつづく。まさに「今もまだかせいで見るべき所は大坂北浜」。天下の財が回ってくる北浜だからこそ、こんな嘘のような成功譚も生まれるのだという。いわば大坂という町こそが、この話の主人公なのである。

長刀の鞘、質種にしていくら？
『世間胸算用』巻一の二

江戸時代は日々の支払いに現金をつかわず掛売りとし、節季ごとにまとめて代金を払っていた。しかし、長屋などでは、日常の買い物はすべて現金で買い、家賃も毎月の末に支払った。その日暮らしといわれるとおりで、年の瀬には借金取りが来ない気楽さもあるが正月を迎える銀をつくるために質屋に頼ったりもする。

『世間胸算用』の「長刀《なぎなた》はむかしの鞘《さや》」には、長屋の住人の質種《しちぐさ》が細かく記してある。「古傘・綿繰車・茶釜で銀一匁（約千六百円）」「木綿頭巾・蓋のない小重箱・筬《おさ》（機織の道具）・五号桝・一合桝・石皿（陶器の皿）五枚・釣御前《つりおまえ》（壁に吊る阿弥陀仏の絵像）・仏具など二十三品で銀一匁六分（約二千六百円）」「幸若舞の烏帽子・直《ひた》垂《たれ》・大口袴《おおぐちばかま》で銀二匁七分（約四千三百円）」というぐあいに、それぞれやりくりした品々が年越しのための銀に化けた。こんなものまで質種に、と思わせられる。幸若舞の衣装を質に入れたのは舞の太夫で、正月のあいだは面と槌を持って大黒舞でかせぐ。貧しいなりの暮らしの算段である。

絵は質屋の店先。「長刀はむかしの鞘」の題名どおり、長屋住まいの浪人の妻が質種に困って、長刀の鞘を持ち込んだところ、質屋の亭主に「こんなものが何の役にたつべし」と投げかえされ、喧嘩になった場面である。足もとに鞘がころがっている。

妻が、これは父が関ケ原合戦で手柄をたてた長刀の鞘、先祖に恥をかかされたと取りついて泣くと、弱りはてた亭主は銭三百文（約七千五百円）と米三升を渡して帰した。妻はもと千二百石の侍の息女であったという。

座敷では、手代が他の客が置いていった着物の品定めをしている。その横に散らばっているのは正月の飾りのための裏白である。

質屋の喧嘩

第五話　住吉大社の年籠り〈『世間胸算用』巻一の一〉

二代目はなぜ身代をつぶしたか

ゆたかさは贅沢病のはじまり

『世間胸算用』の「問屋の寛闊女《かんかつおんな》」はこんな話だ。嫁の贅沢ぶりを見て、死んだ大旦那が跡継ぎの息子の夢枕に立った。このままでは身代はもたない、年は越せずに破産するだろうから、代々伝わる仏具を人手に渡る前に極楽に持ち帰る、お前は心を入れ替えて商売をやりなおせと諭《さと》す。

夢から覚めた息子は大笑いして親旦那の悪口を言い、大晦日の算段にとりかかる。支払いの金が足りず、かわりに「振手形《ふりてがた》」を集金の面々に渡すと、住吉参りに出かけてしまった。手形はじつは空《から》。つまり不渡り手形である。ふだんは現金のやりとりなしで商売し、節季とよばれる節目の日に集金していた時代の話である。

節季は江戸時代のはじめ、年に一度だった。商売のテンポが早くなるにつれ、だんだん増えて、元禄の頃には年五度（第一章第六話の＊2参照）になったが、大晦日が総決算なのは変わらない。支払いに四苦八苦の家にとって、大晦日は厄日である。

問題の振手形とは、商人から金銀を無利子で預かった両替商が発行し、その手形を持参した者に両替商が金銀を支払うというもの。現代の手形とおなじように、預けた額以上の振手形を発行すれば不渡りとなる。

息子は不渡り手形を乱発。そうとは知らず受け取った掛乞い（借金取り）たちも、自らの支払いをその手形ですませる。もちろん、このままでは話はおさまらない。

破産を招いた息子の真意はどこにあるのだろう。どうして、二代目の時代でこの商家は傾いてしまったのだろう。

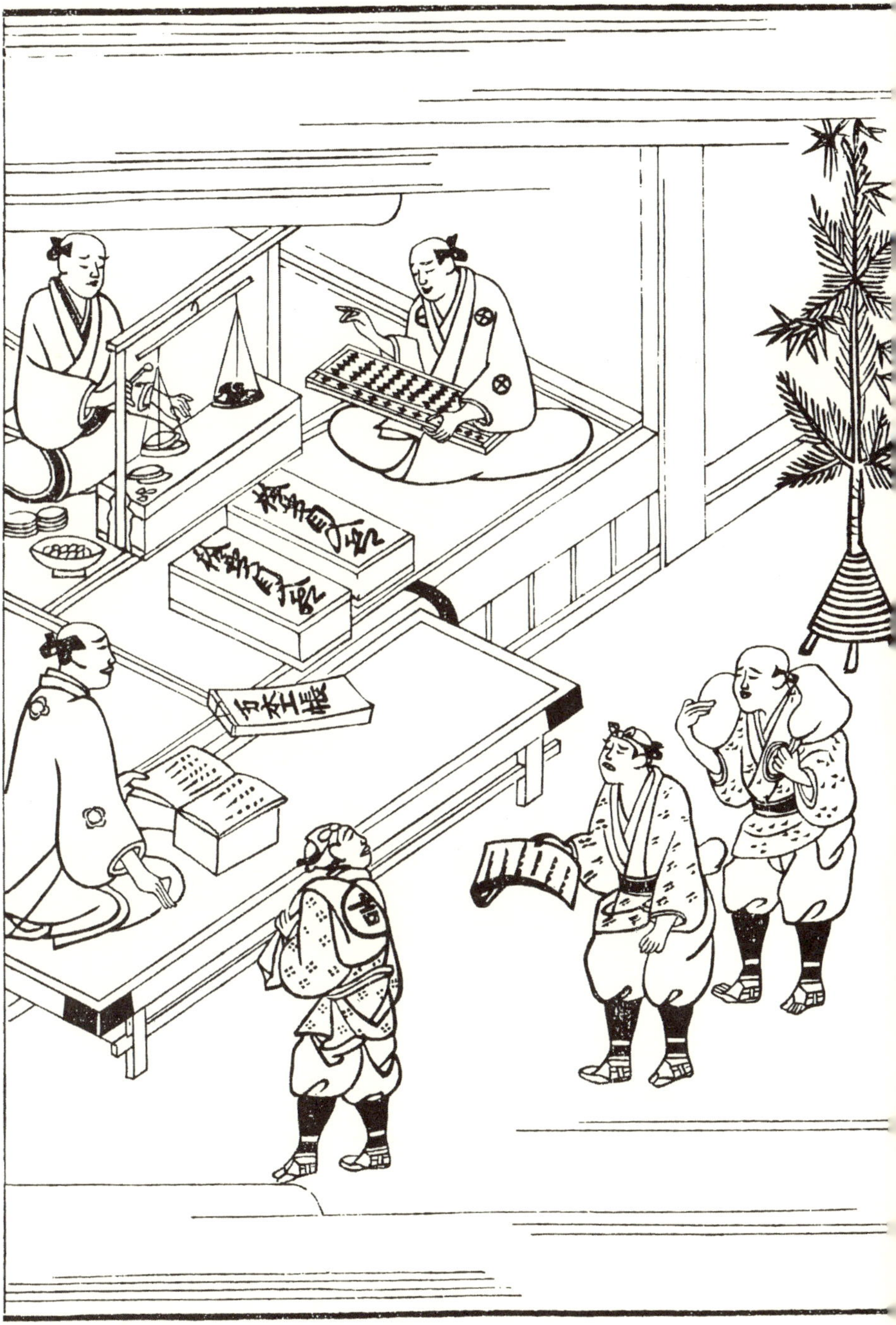

親の身代にかたをつける

絵は両替屋の店先風景。中央に門松が立っていて、大勢が出入りしているので、大晦日を描いているとわかる。門松は新年に歳神《としのかみ》を迎えるための依代《よりしろ》だ。歳神とは五穀を守護する神、商家にとっては繁盛の神。年の変わり目にやって来るので歳神あるいは大年神《おおとしのかみ》、御年神《みとしのかみ》という。依代は神霊を招きよせて乗り移らせるためのものだから、大店《おおだな》は依代として、絵のように人より背の高い立派な門松を飾る。現代の門松と形がちがうのは、本物の松の木の枝を飾りにしているからだ。

両替屋は、金銀や銭の交換で手数料をかせぐだけでなく、貸付、預金、手形振出なども行い、今でいう銀行の役目をはたしていた。

店の中には手代らしき男たちがいて、一人が縁台で帳面を広げている。一人が算盤をはじき、もう一人は天秤で銀をはかっている。大坂で主につかわれた銀は秤量貨幣といって、何匁《なんもんめ》、何《なん》貫目《かんめ》と重さをはかる。江戸で主につかわれた金は計数貨幣で、一両二両などと数をかぞえる。江戸幕府は貨幣を統一できず、上方は銀、江戸は金という二重構造がつづいた。こうして金銀の両替を商売とする両替商が生まれ、金融業が発展した（前口上参照）。

絵では、銀を入れた箱がふたつならび、「十貫目入箱」と記してある。銀十貫目（千六百万円）の重量は三十七・五キログラムで、商取引が大規模になるほど受け渡しは不便になる。上方では両替商が発行する手形が取引の主役になり、ほとんどの決済に手形が用いられるようになる。

右下に、銀箱をふたつかついだ六尺《ろくしゃく》（雑役人夫）二人を従えて、両替屋に銀を預けに来た商人がいる。その左には、銀袋を肩にかけた従者を連れ、店先で勘定書をひろげる掛乞いもいる。他にも商人たちの姿が見える。門松があって、両替屋の店先に商人が銀箱や勘定書を携えて集まり、いかにも大晦日の総決算である。

ここで問題になっている振手形とは、商人から金銀を無利子で預かった両替商が発行し、振

門松

天秤秤と手代

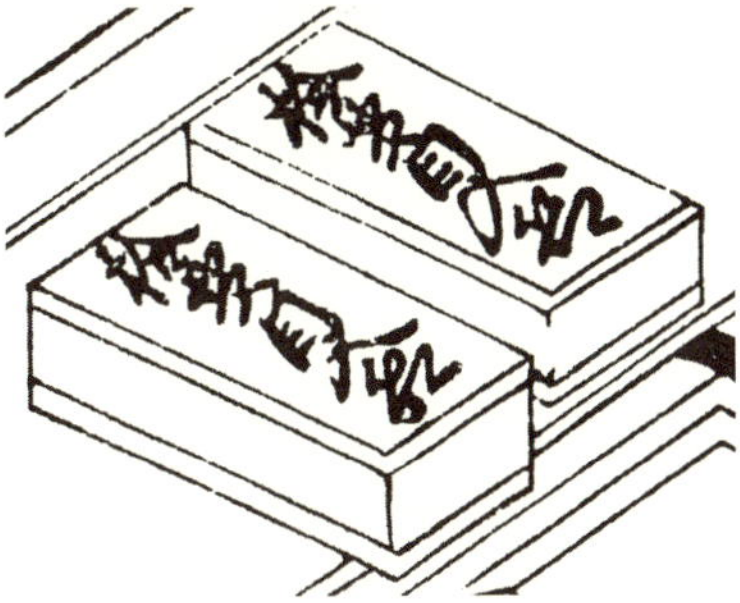

掛乞いの商人、銀袋をかつぐ従者　十貫目の銀箱

手形を持参した者に両替商が金銀を支払うというもの。大坂の両替商、天王寺屋五兵衛が考案した。預けた金銀以上の額の振手形を発行すれば、不渡りとなり、そのまま振出人が破産となる場合もある。息子が両替屋に預けたのは銀二十五貫目（約四千万円）で、振り出した手形が八十貫目（約一億二千八百万円）だったから、まったく勘定が足りない。

米屋・呉服屋・味噌屋・紙屋・魚屋など手形を持ってきた掛乞いたちに両替屋は勘定してから金を渡すと言い、調べている間に、掛乞いたちも自らの支払いを、その手形ですませた。年の瀬のあわただしいなか、一文の価値もない手形とともに人々は新年を迎えた。「一夜明くれば、豊かなる春とぞなりにける」と、西鶴は皮肉と滑稽おりまぜて結んでいる。

息子は年籠りの住吉参りに出かけている。年籠りとは、大晦日の夜から祈願のために寺社に参籠して年を越すとの意だが、この場合は借金取りから逃れる方便に利用したのである。その場しのぎの手形で「万仕《よろずし》回《ま》うた（万事かたをつけた）」とうそぶく姿に、親旦那が築いた身代をつぶす息子の気分が出ている。かたをつけたとは、自分ではじめたわけではない商売など失くしても惜しくないということだろうか。苦労知らずの二代目といえばそれまでだが、西鶴の目は、息子のひらきなおりに繁栄の時代の影を見ていたのである。

贅沢がやめられない

「問屋の寛闊女」との題名は、女房の贅沢が身代をつぶすとの商売訓からきている。寛闊とは気性や服装が派手の意である。以下は、女房の贅沢の例。

まず正月には、流行の柄の小袖をそろえようと、一反《いったん》で銀四十五匁（約七万二千円）もする羽二重の絹地を買う。反は布帛《ふはく》（布と絹）の長さをあらわす単位で、一反は二丈六尺または二丈八尺（約七・九〜八・五メートル）。その布を「千種《ちぐさ》の細染百色《ほそぞめももいろ》がはり」に染めあげる値段が金一両（約十万円）。これでも当時は目立つというほどの贅沢ではないという。帯は古渡《こわた》りといって、室町時代あるいはそれ以前に外国から伝来した織物でつくった本繻子《ほんじゅす》をもちい、丁銀《ちょうぎん》一枚（約十三万八千円）。さらに挿《さ》し櫛（髪飾りの櫛）だけで二両（約二十万円）。湯具（腰巻）も紅花で染めた本紅《ほんもみ》の二枚がさね、足袋は白絖《しろぬめ》といって薄絹の上等品。かつては大名の奥方でもなかなか身に着けなかったものである。問屋は儲けが大きく、暮らしぶりも派手になりがちだった。

「昼夜油断のならざる利を出す銀《かね》かる人の身代にて、かかる女の寛闊、能々《よくよく》分別しては、我と我が心の恥づかしき義なり。明日分散《ぶんさん》にあうても、女の諸道具は遁《のが》るるによつて、打ちつぶしてまた取りつき、世帯の物種《ものだね》にするかと思はれける」とは本文の一節。商売のやりくりのため銀をかりて利息を払う綱渡りのような身分であるのに、女房にそんな贅沢をさせる心根が恥ずかしい。破産しても妻の持ち物は競売にかけられないので、出なおしのときの元手づくりのたしにするつもりなのかと揶揄しているのである。

あの世に行った親旦那は、仏壇から息子のありさまを知って、家の表に次のような札が貼られているのがありありと見えた。

「売家十八間口《けんぐち》、内に蔵三ケ所、戸建具そのまま、畳上中二百四十畳、外《ほか》に江戸船一艘、五人乗りの御座船、通ひ舟付けて売申候。来る正月十九日に、この町の会所にて札をひらく」

なんと、家の競売を知らせる札だった。間口《まぐち》十八間《けん》（約三十二・七メートル）の家はもちろん、三つの蔵、二百四十ある畳、江戸への荷を運ぶ廻船、川遊びの御座船、大船と陸の連絡用の通い舟などすべて、次の正月十九日に町の会所で入札にかけられるというのである。親旦那は息子の夢枕に立ち、心をいれかえて商売をやりなおせと諭す。その時、唐金《からかね》の三つ具足は先祖代々の品で惜しいので、次のお盆に来たとき極楽に持ち帰ると一言つけくわえるところが面白い。夢から覚めた息子が大笑いして、死んでも欲心のやまぬ親だと悪口を言うのがまた面白い。唐金の三つ具足とは、青銅でできた三つの仏具（花立・燭台・香炉）の意。息子を諭す親旦那は死んでも物を惜しむ心がやまず、息子は自分の所業が何を招くかを知りながら身代を食いつぶすのをやめない。おかし味の中に凄みがある。

江戸時代も中頃になると、町人の暮らしもゆたかになり、さまざまな年中行事が盛んになって、季節ごとの物入りは増えるばかり。先述の売家の札の文言のなかにあった「五人乗りの御座船」のようなものも贅沢品のきわみで、御座船を持てば花見やら納涼やら遊山に出かけ、芸妓、幇間を引き連れ、酒肴も楽しむことになり、道頓堀やら野崎、住吉参りも船遊びをかねてという仕儀になり、ますます散財の種は尽きない。女房以上に旦那衆が贅沢していたのである。

ゆたかさのなかで生まれ育った、この話の息子には、親旦那の世代とは異なる金銭感覚があったにちがいない。同時代を生きた西鶴には、息子の自暴自棄にも見える身の振り方は、身近な現実であったと思われるのだ。

〔西鶴の言葉〕

（原文）　世の定めとて大晦日は闇なる事、天の岩戸の神代《かみよ》このかたしれたる事なるに、人みな常に渡世を油断して、毎年ひとつの胸算用ちがひ、節季を仕回《しま》ひかね迷惑するは、面々覚悟あしき故なり。一日千金に替へがたし。銭銀《ぜにかね》なくては越されざる冬と春との峠、これ、借銭の山高うしてのぼり兼ねたるほだし。それ〳〵に子といふものに身代相応の費《ついえ》、さし当つて目には見えねど、年中につもりて

（現代語訳）　世の定めとして大晦日が先の見えない闇であるのは、天の岩戸の神代からわかりきったことであるのに、人はいつも油断して世を渡る。自らの胸算用ちがいで年末の節季の支払いができなくなって困るのは心構えがわるいからだ。この一日は千金にも替えられない。お金がなくては越せない冬と春の年二回の節季の峠、借金の山が高ければ登りきれないのも当然だ。子供という絆も身代に応じた出費があり、足かせとなる。さしあたり目に見えなくても一年では大きな額になるものだ。

「世の定めとて大晦日は闇なる事」とは、商人にとって身につまされる言葉である。大晦日は一日千金、一年の総決算の節季を越すには金銀がいるというのに、越せなくなった。さあ、そのときにどうするか。

『世間胸算用』は大晦日の金にまつわる話ばかりを集めて、町人生活の虚々実々を描いた浮世草子である。経済発展いちじるしい元禄時代は、金銀に翻弄されながらも、したたかに闇を生き抜く町人の姿がきわだつ時代でもあった。

引用文は、子供かわいさの出費が積もり積もって大きな散財になるとつづく。当時の町人生活はなにかにつけて物入りになってきていた。なんでも世間並みにと気をゆるしていると、気がつけば大晦日の闇にのまれてしまう。原文の「ほだし」は絆のほか、足かせの意味もあり、子供はその両面があるというのである。「問屋の寛闊女」という題名も、問屋の女房は贅沢なものとの意味で、それが破産の一因にもなるという。元禄の町人文化の繁栄を招いた経済発展は、じつは両刃の剣であると西鶴は見通していた。つねに吉凶どちらにころぶかわからない危うさが人生の本質で、『世間胸算用』の面白さの本質なのだろう。

第六話　夜の三十石船〔『世間胸算用』巻四の三〕

借金取りを撃退する法

亭主交換の秘策とは

淀川を上り下りする三十石船は、大坂と伏見・京都を行き来する人々の便利な足だった。上りは一日、下りは流れに乗って半日。陸路を歩くよりずっと速い。乗り合わせた者どうし、会話も楽しめる。

船中の見知らぬ人との出会いは、読み物、落語の格好の素材にもなった。西鶴『世間胸算用』でも、「亭主の入替《いれかわ》り」という話を生んだ。

いましも伏見からの下り船が、夜の川へ乗り出した。今日が終わって明ければ正月、旅客の気持ちも平素より急き、船頭もそれに応えてすぐに艫綱《ともづな》をとく。あわただしい船出である。

いつもなら乗り合わせた客たちが、艶めいた噂話に興じたり、小唄、浄瑠璃、早物語《はやものがたり》（早口で物語を語る芸）、謡いや幸若舞の語り、役者の声色など一芸の披露がつづくのだが、今宵の船中は物静か。それどころか念仏をとなえる者や、「長うもないうき世、正月々々と待つてから、死ぬるを待つばかり」などと恨み言を口にする者がいる。ひとり調子はずれの投節《なげぶし》（色里で流行した唄）を頭をふりまわしつつうたう者がいて、うとましがられている。

なにやら様子がちがうのは、船が乗り出したのが大晦日の闇夜だからである。淀のあたりにさしかかったところで、ようやく一人が口をひらき、それをきっかけにそれぞれの乗客が金にまつわる胸算用をぽつりぽつりと語りだす。悩み多い年の瀬に、ひとり笑う男がいた。とっておきの借金取り撃退法があるというのである。さて、男はどんな秘策を持っているというのだろう。

淀城と水車

絵に描かれたのは、伏見から大坂へ向かう三十石船である。ちょうど淀にさしかかったところである。

逆さ向きの三十石船

淀はかつて秀吉が淀君を住まわせた城下町。右下に淀城が見えるが、これは徳川時代に建てられたもの。淀君が住んだ城は川の対岸にあった。

城があって石垣がめぐらされ、城内に水を送る水車が回っている。三十石船の風物詩、淀の水辺の景色である。右手に見える淀小橋は淀城ができたときに宇治川に架けられた。長さ七十間（約百二十七メートル）でかなり大きいが、淀大橋と名づけられた別の橋が城の南の木津川に架かっている。こちらは長さ百四十間（約二百五十五メートル）で、二倍のスケールをもつ。城の対岸に描かれているのは、石清水八幡宮だ。

船は淀小橋をくぐり抜けたばかりのように見える。しかし、城と石清水八幡宮の位置関係からみると、絵の右手が川下になる。つまり、船はこれから橋をくぐるところで、前後を逆にして進んでいるのである。

絵師の間違いではない。本文に「程なう淀の小橋になれば、大間《おおま》の行灯《あんどん》目あてに、船を艫《とも》より逆下《さかくだ》しにせし時」とある。淀小橋の手前あたりは水の流れが急で、三十石船は船体を逆向きにして艫を先に速度をおとし、橋桁にぶつからないように通過した。大間とは橋の中央、橋桁と橋桁の間を大きくあけて船が通りやすくした箇所をさす。淀小橋の大間には、夜船の運航の目印になるよう鉄製の灯籠が吊ってあり、大間の行灯と呼ばれていた。

絵の船頭は艫に立ち、艪をあやつりながら、ゆるゆると大間に向かっている。この時ひとりの客が目を覚まし、淀の水車を見てこんなセリフを言う。

「あれあれ、あれを見るがよい。人みなあの水車のように、昼夜年中油断なくかせいでいれば、大晦日の胸算用に間違いはないはずなのに、ふだんは手を遊ばせ、その時になって足もとから鳥がたつようにばたばたと働いたところで、なんの甲斐もない」

石清水八幡宮

つられるように、ほかの船客が口をひらいた。それぞれの大晦日にまつわる身の上話のはじまりである。

絵で船の客は六人乗っている。じっさいの三十石船は、船頭四人に客二十八人が定員で、船尾にはかまど（湯茶のサービス用）もあったから、ずいぶん簡略化した絵柄である。話に出てくるものだけを描き、あとははぶいている。

借金逃れの亭主交換

さて、問題の身の上話だが、次々と語られるのは、いずれも水車のたとえにぴったりの身につまされるものばかり。伏見を出てから船内のようすにどこか陰りがあったのは、どうやら船客全員が胸に抱えるものがあったからだ。

ある男は、海辺住まいの地の利で生魚を商い楽々と儲けながら、年末になると勘定がいつも少し足りない。この十四、五年は姨《おば》に七、八十匁（約十一万二千〜十二万八千円）の金を無心してきた。ところが今年はその姨に断られ、家に帰っても正月の迎えようがないという。

次の男は、大晦日の銀策のため上洛し、弟を芸子に出して給金を前借りしようとしたが、太夫になれるほどの器量よしと思っていたのに、耳が少し小さいといわれ、雇ってもらえなかった。口入れ屋の言うには、十一、二歳の美少年で氏素性も卑しくなく、賢くて器量・人柄もよい子が毎日二、三十人も連れてこられて、若衆奉公に出されるそうで、弟の出る幕はなし。これでは旅費を損しに来ただけだった。

また別の男は、家に伝わる日蓮上人自筆の曼荼羅に銀はいくらでも出すという人がいて、そのときは断ったものの、年末の算段に困って、曼荼羅を持参したところ、なんと浄土宗に宗旨替えしたとのことだった。このまま家に帰っても借金取りの催促が待っているので、大坂に着いたら高野山にお参りするつもりだという。

さらにある男は、毎年の春延べ米[*1]を織物屋仲間に貸して、その手数料で悠々と年を越していた

船中の人々

が、一石の米に四十五匁（約七万二千円）の相場のところを五十八匁（約九万二千八百円）で貸していたのは高利（三か月で十三匁の利息）だと言って、皆が申し合わせて借りるのをやめてしまった。おかげで用意した米も行くあてがない。

こうして船客の誰もが心配顔でいるとき、投節で上機嫌の男が笑って言った。男はこの二、三年、亭主の入れ替わりという知恵で大晦日を切り抜けているという。親しい亭主どうしが互いの家に乗り込んで、借金取りが来ると、お内儀に「当方の金はほかの借金とはちがいます。亭主のはらわたをえぐってでも、もらうものはもらいます」と言えば、借金取りどもも、これではどうしようもないと引き取ってくれる。これぞ最新の借金取り撃退法であるという。

話はここで終わるのだが、最後の男が教えた知恵も、いつまでも通用するはずはない。借金取りもだまされなくなる。笑える話でありながら、借金のために年が越せない悩みの深刻さが浮き彫りにされる。

＊1　春延べ米……代金を他人の立替えで支払う米を延べ米といい、年末に買って三月に支払う場合は春延べ米という。本文の職人たちは、男から借りた春延べ米を売った銀で年を越していた。

結局、乗り合わせた船客はいずれも借金に追われる身の上で、『世間胸算用』の主題を忠実になぞっている。

淀の水車と投節と

同じ第一章でとりあげた『日本永代蔵』が、始末・算用・才覚の知恵で町人が分限者、長者になっていく物語であったのに対し、『世間胸算用』は金銀のあるなしで極楽にも地獄にもなる年末に町人生活の悲喜劇を見ている。金銀がなくてそうなるならまだしも、金銀があっても悲喜劇は起こる。経済がゆたかになった元禄のころ、町人生活はいつしかこんなジレンマに陥っていた。船中の男は、淀の水車のように怠りなければ大晦日の胸算用に間違いはないはずなのにと嘆いたが、わかっていてもできないのである。金銀は貯めるに難く、ゆるめば、あっという間に底をつく。流れる水に似ている。三十石船とはまた、この話にふさわしい舞台を得たものである。

ところで、うかぬ顔がならんだ船中でただ一人、宵から投節をうたっていたのが、じつは亭主の入れ替わりの悪知恵を皆に授けた男である。

投節とは遊廓でうたわれていた短い唄。小唄として残っている一例を挙げる。二つの投節をつづけて、ひとつの小唄にしたものという（森治市朗編『日本舞踊曲集覧』）。

よいの口舌《くぜつ》に　白けたあとを　啼いておるやほとゝぎす　松のあらしに夢うちさめて　あすのわかれが　ア、思わるる

遊女と客とのやりとりが題材。宵の口喧嘩のあとの気まずさに、鳴いて飛び立つのかホトトギスよ、松（地名をさすか）の嵐に夢もさめてしまった、明日になれば別れが来るのを思ってしまうというのである。

今も伝わる小唄には、淀の水車を織り込んだものもある。

淀の車は水ゆえ廻る　わたしやりん気で気が廻る　それで浮名が立つわいな　それ〳〵〳〵そうじゃいな

浮名は男女間の浮いた噂。唄の意味はやさしいだろう。

投節、小唄は艶っぽさが生命だ。三十石船で投節をうたい、最後に借金逃れの悪知恵を吹聴する男は、本文によれば手代である。この男、おそらくは分不相応な遊廓の遊びに手をだして首が回らなくなりつつあるのだろう。ぐるぐる回る淀の水車には、さぞや身につまされたにちがいない。

〔西鶴の言葉〕

〔原文〕　この舟の人々、我が家ありながら、大晦日に内にゐらるるはあるまじ。常とはかはり、我人いそがしき中なれば、人の所へもたづねがたし。昼のうちは、寺社の絵馬も見てくらしけるが、夜に入りて行所《ゆきどころ》なし。これによつて、大分の借銭負ひたる人は、五節季の隠れ家に、心やすき妾《てかけ》

をかくまへ置きけるといふ。それは、手前もふりまはしもなる人の事、貧者のならぬ事ぞかし。

（現代語訳）　この船に乗っている人はみな、自分の家がありながら、大晦日に家にいられぬ者ばかりである。ふだんとちがって、誰もが忙しい最中なので、他家を訪ねるわけにもいかない。昼間は寺社で絵馬など見て暇をつぶせるが、夜になればどこへも行けない。それで、よほど借金の多い者は年に五回ある節季[*2]の借金取りから逃れるための隠れ家に、気安い妾をかこっておくという。とはいえ、そんなことができるのは家内のやりくりも、資金の融通もなんとかなる人の話で、貧乏人にはなんともならぬ話である。

節季の支払いのめどがたたない者にとって、大晦日は我が家が鬼門になる。そんなときのために身を隠せる妾宅を用意できるのは、金銀がないと言いながらじつは金銀がある人だ。同じ借金持ちといっても、そこにはおのずとランクのちがいがある。行く場所がある者はまだ恵まれている。とはいうものの、借金取りに追われる身であるのは変わりなく、借金とは逃げているうちに雪だるま式にふくれあがるものである。妾宅で五回の節季をやり過ごす者も、明日は我が身。投節の刹那的な歌詞に、ひととき限りの安逸を貪るのだ。第一章第五話の破産目前に姿をくらます若旦那の心境は、ここでも繰り返されている。さらりと描いてはいるが、破滅に向かっていく人間の心の淵が垣間見える。西鶴の笑いの底には、しばしばこうして、ぽっかりと深い穴がひらいているのである。

＊2　年に五回ある節季……上巳《じょうし》（桃）の節句（三月三日）の前日・端午（菖蒲《しょうぶ》）の節句（五月五日）の前日・七夕《しちせき》（たなばた）の節句（七月七日）の前日・重陽《ちょうよう》（菊）の節句（九月九日）の前日・大晦日の五回。

第七話　播州からの手紙〈『万の文反古』巻一の一〉

賢く破産するために

後始末の知恵

『万《よろず》の文反古《ふみほうぐ》』は異色の浮世草子である。手紙がそのまま本文になった、今で言う書簡体小説である。

江戸時代の紙は貴重品だった。書き捨てられた反故紙は、拾われ、はき集められ、商品として売られ、買われていく。障子や襖のつくろい、布の代用などに利用し、最後は燃やして燃料になる。『万の文反古』の反故紙の買い主は、当時流行した紙細工の美人人形をつくって、その日暮らしをおくっている。所帯道具のつぎはぎにするため、反故にされた紙を買い集めたが、手紙がまじっているのに目がとまる。女性の筆もあれば、若衆の書いたものもあり、おかしな噂や、悲しい取沙汰、嬉しい事の始め、栄華の終わりをつづったものも……。読みふけるうち、人の心のあれこれを垣間見てしみじみとした気持ちになる。そのひとつひとつが『万の文反古』の逸話となって構成される趣向だ。

一般に書簡体小説は、二人の当事者が交互に送りあう手紙で成り立つものだが、『万の文反古』はひとつの手紙で一話が完結していく。読者の理解を助けるための背景説明などを違和感なく織り込みながら、一通の手紙だけで話を仕上げるには、相当の技量がいる。高いハードルを越えて、五巻五冊全十七編の短編集として書き上げた筆力は見事だ。刊行が西鶴の没後だったことなどを理由に、西鶴本人の作かどうかを疑う説も出たが、同時代で西鶴以外にこんな作品をものにできる書き手がいたとは思えない。

いましも、ある大店に一通の手紙が届いた。親旦那から若旦那への長い手紙……さて、どんなドラマが幕を開けるのだろう。

絵は大和屋の店先。右手の座敷の奥で、若旦那の藤五郎が手紙を広げて読んでいる。親旦那から届いたばかりの文で、内容がそのまま『万の文反古』巻頭の話となる。

座る位置でわかる人間関係

座敷の奥に描かれるのは、その絵の中でもっとも上位の人物である。奥から離れるほど、位が下がる。したがって、屏風の前に座っている二人の女性のうち、若旦那に近い側に居るのが御寮さん、つまり若旦那の母。その隣に座っているのが長女のお亀、かたわらで荷物に手を置いているのが次女のお久。長女、次女の見分けは、どちらが座敷のより奥にいるかで判断している。右手前でかしこまっている少年が若旦那の息子の長四郎で、若衆髷が初々しい。年少ながら跡取りとなる長四郎の位置が、座敷の手前で、かつ若旦那に近い。座る位置と遠近で、人間関係をあらわすのが約束事なのである。

上がり口で草鞋を脱ぎかけているのは、親旦那の手紙を持ち帰った手代の七兵衛。下女が足を洗うための湯をはこんでいる。年末の話なので湯になるが、夏ならもちろん水である。

親旦那の手紙をたずさえた手代が帰ってきたばかりなので、若旦那がすでにその手紙をひらいて読んでいるのは、つじつまが合わないようだが、時差のある場面を一枚の絵におさめて描くのは中世の絵巻物以来、用いられてきた手法である。江戸時代の読者も、抵抗なく楽しんだ。

手紙は親旦那の藤四郎から若旦那の藤五郎に送られたものである。藤四郎は播州に出向いて、大名を相手に米の商いに励み、藤五郎は大和屋の留守を守っていた。以下、手紙の内容である。

やりくりに心の機微

今年は米を全部売り切ったものの、米価が下がり、大名からの代金回収がむつかしくなった。それで、藤四郎は播州で年を越すという。本来なら親旦那は年末には店に帰り、大晦日の支払いと年越しの準備をきりもりし、家族とともに新年を迎えるはずだった。

しかし、今回にかぎって親旦那は店にいない方がいいのである。大名相手の商売は、うまくい

（右より）若旦那の母、お亀、お久

長四郎

七兵衛と下女

っているあいだの利益は大きいが、不測の事態が起これば、つぎ込んだ資金の回収はむつかしい。大名から取り立てはできず、ほとんどは泣き寝入り。大和屋がうけた損害は大きく、どんなにやりくり算段しても四十五貫目（約七千二百万円）ほど足りない。こんな状況で親旦那が年末の店にいると、支払いを繰り延べするにも申し開きがたたない。ここは若旦那に仕切らせ、都合の悪いことはみな不在の親旦那のせいにした方がいいというわけだ。

手紙はそういう主旨で送られてきたのだが、話の骨格をつくっているのは、連綿とつづられた年越しの金銀の始末にまつわる事柄である。親旦那の指示は、おそろしく細かい。支払いは満足にできなくても世間とうまく折り合っていくための知恵をいっしょに授けている。よくそんなところまで気がつくものだとあきれるほどだ。一部のみ紹介したのでは原文からにじみ出る親旦那の万感は伝わらないが、すべてを紹介するには頁数が足りない。できる範囲で、その一端を記す。

まず、家賃は七月から十月までの四か月分として百八十匁（約二十八万八千円）を支払い、十一月・十二月分は待ってもらいなさい。米屋には金三両（約三十万円）を内金で入れ、あとの勘定は親旦那が年内に大坂に帰ってからすませると言って、正月用の米を三俵買いなさい。そのうち二俵はなるべく加賀の極上米（江戸時代の加賀米は下等とされ値段が安く、大坂では四月から出回るので古米扱いとなった）にして、一俵だけは新米で中程度に精米しなさい。そのほか、もち米は三斗だけにして、女房（藤五郎から見て母）は五斗というだろうが、そうはせず、毎年の家のしきたりも守らなくてよいから、師走も押し詰まった二十九日の夜更けにつくのがよろしい。

娘のお亀、お久は餅花（彩色した餅を飾った枝）を喜ぶ年齢ではないし、長四郎に破魔弓（男児の正月の玩具）が祖母から贈られてきても、わけを話して返すように。娘たちの正月の晴れ着も今年は春からのこととして、長四郎には私（親旦那）の浅黄小紋《あさぎこもん》の羽織を薄い茶色に染めなおしてつかい、袖下の短いものは共切れで継ぎ足して着せるように。帯は私の襟巻を三つに割って一本に継げば、ゆったりと二重回しで締められる。お前も私の花色紬の着物を着て元日の礼をつとめ、毎年の手帳をひろげて、お得意先をくまなく回り、いつも金杓子を年玉にしている家には柱にかける暦ですませ、二本入りの扇箱をおくっていた家には安筆《やすふで》一対にする。町内には塗箸二膳を年玉にしていたが、贈る家が多く、これもやめたい。ただ、今まで贈っていたのだから、夜の明けないうちに足早に回り、家々の戸をたたいて年始の言葉と名前だけ言って挨拶としておく。それから、たとえ安値になっても鰤《ぶり》は買わず、大目黒《おおめぐろ》（小ぶりの鮪《まぐろ》）一本、塩鯛二枚で正月の魚にしておく。下女たちの仕着せの着物も、すべて浅黄か千種色《ちぐさいろ》（薄い藍色）の無地にして、袷《あわせ》に仕立てるように。

やりくり算段の指示は、まだまだつづく。次はいよいよ支払いの金銀の始末のつけ方である。

破産前の始末のつけ方

金銀の支払いで、まず親旦那が挙げたのは、かかりつけの医者への薬代である。「八幡牛房《ごぼう》三把に銭五百（約一万二千五百円）添へて、親仁《おやじ》留守のよしを申し、夜もたしてやり申さるべく」とある。名物の牛蒡《ごぼう》が主役で銭が添え物、しかも親旦那の不在を言い訳に夜間そそくさと納めるのだから、この薬代は全部あわせても相場より安いというやましさがあるのだ。

一方、大津屋という店には借金があり、とりあえず利息の銀六十匁（約九万六千円）を返しなさいと指示している。本来は元利ともどもすぐに返済しなければならないものを、正月末の返済を約束して、当座は利息の払いだけでなんとか了解してもらえというのである。もし大津屋が不服に思って、家主や五人組[*1]に訴え出ると脅してきても、おそれなくてよいと付け加えている。

堺筋の塗物屋[*2]からの椀や折敷《おしき》（薄板を曲げてつくった盆）の代金請求の断り方はこうだ。九月前

若旦那

の収支決算で勘定ちがいがあったので、そのときの手代を立ち合わせ、もう一度帳面の照合をしたうえで支払うというのである。その手代は江戸にいて、立ち合えないのを見越している。

その他の支払いは、大晦日の夜十時を過ぎた頃に、たとえば百匁（約十六万円）であれば二十五匁（約四万円）ずつを渡し、みな平等にこのとおりですと物柔らかく腰を低くして言えば、世間に鬼はいないものだという。それまでは、一軒たりとも先んじて支払うことのないようにと、念をおしている。大晦日の夜十時という時間を指定するのは、それが年内の支払いの最後の機会だからである。もうひとつの理由は、次の親旦那の指示にうかがえる。

親旦那は手紙に書く。支払いのあいだ、店の灯火はひとつだけ灯し、茶釜の下の火は焚かず、奉公人たちは寝かせておいて、若旦那ひとりで支払いにあたるようにと。奉公人を動揺させず、年内ぎりぎりに最低限の支払いで、しずしずと済ますべきことを済ましなさい。親旦那が家に帰らないからといって、若旦那までが借金取りをさけて家を出払ってはいけない。苦しくともここは「親仁のやりようが悪く、皆様にご足労をかけます」と悪いことは親旦那のせいにしていれば、話はおさまるものだという。

若旦那の当惑も想定済みの、こまごまとした指図がつづいたあと、どうみても勘定が四十四、五貫（約七千四十～七千二百万円）足りない、まだ他人に気づかれぬうちに覚悟を決め、播州に家族で暮らせるほどの田地を買い求めておくつもりだとあり、「何時《いつ》をしれぬ事に候」という。いつ破産するかわからないというのである。ここまでくどくどと年越しの金繰りを若旦那に伝えたのは、このひと言にたどりつくための長い前置きだったのか。どうか年末は苦しいだろうがやりくりしてほしい、正月の中頃には家に帰るから、二人で今後の相談をしようとつづる親旦那。手紙を読み終えた若旦那の心境は、絵からは読みとれない。

＊1　五人組……江戸時代の隣組組織。近隣の五戸ひと組で、連帯責任をもって日常のさまざまな問題を処理した。

＊2　堺筋の塗物屋……堺筋の南端は当時、塗物屋や家具屋が多かった。

〔西鶴の言葉〕

（原文）　十二月九日の書中、伊勢屋十左衛門舟《ふね》、十二日にくだりつき、請取《うけとり》申候、一家無事にて大方《おおかた》節季《せっき》仕舞《しまい》いたされ候よし、満足申候。ここ元《もと》商《あきな》ひ物は残らず売《うり》申候へども、当年は俄《にわか》に米さがり申候ゆゑ、侍衆《さむらいしゅ》めつきりと手づまり申され、一円掛寄《いちえんかけより》申さず、難儀《なんぎ》仕《つかまつり》候。

（現代語訳）　十二月九日付の書状は、同月十二日着の伊勢屋十左衛門の船にて届きました。一家無事で年末の支払いもおおよそ済んだとのこと満足しています。こちらの商品はすべて売ったものの、今年は急に米の値が下がったので、お侍がすっかり困られ、おかげでなかなか掛売りの代金が返らず、難儀なことです。

大名相手の米売買や金融で莫大な利益を得て豪商の仲間入りをする商人もいれば、相場にもてあそばれて没落する商人もいる。元禄時代は、浮き沈みの激しい時代でもあった。

この話の主役の親旦那は手紙の最後で嘆く。二十九年ものあいだ商売をしてきて四百三十九貫目（約七億二百四十万円）儲けたが、借金の利息も三百十四貫六百匁（約五億三百三十六万円）払ってきた。掛売りの代金の未回収分も三十七貫目（約五千九百二十万円）あり、米の買い損も八十四、五貫目（約一億三千四百四十〜一億三千六百万円）ある。そのうえ親の代の借金十九貫目（約三千四十万円）の返済も終わっていない。結局は借金で商売し、他人の手代となって儲けさせただけだった。それが口惜しい。

経済成長著しかった元禄時代の一面である。のちに天下の台所と呼ばれるようになった大坂は光と影の両面をもつ都であった。

第八話　江之子島商人の美談〔『日本永代蔵』巻三の四〕

正直王と借金王

高野山に借銭の塚を

江戸時代は倒産をさして分散《ぶんさん》という。商人にとって一大事であり、それぞれが、まるでちがう処し方をみせる。人間性があらわになる。あらわになったところを西鶴は切りとって話に仕立て、いくつも連ねていくうちに、それぞれの色がまじって世間というものの不可思議さが見えてくる。『日本永代蔵』の「高野山借銭塚の施主」ではいくつかの逸話が語られるが、その中でもっとも対極的なのが、我が身かわいさで保身をはかる計画倒産の話、そして返す義理のない借金まで返しつづける正直者の話だ。

両者のあいだに、さまざまな色合いの逸話が織りなされ、展開のめまぐるしさは定めのない浮世のありさまそのまま。好ましい好ましくないの差はあるが、計画倒産者も正直者も同じ浮世の住人、才覚があっても幸運の助けがなければ身代は栄えず、賢い者が貧しく、愚かな者が富み、という図は世間にありふれた風景だ。

西鶴はそうつづりながら、最後の逸話に現実には居そうにない正直者を登場させた。この男がまれに見る正直者であるとわかるのは、破産したからである。といって、破産後の身の処し方が人間の価値を決めるなどと説教めいたことを西鶴は言いたいのではない。ただひたすら金銀が幅をきかせる時代の諸相を描くのみ。読者は、この正直者の男を商人の鑑と思うだろうか、それともバカ正直で意固地な変わり者と思うだろうか。

分散という商人の人生最大の危機をめぐる人間模様は、高野山にたてられた借銭の塚で話をとじる。塚とは墓。次の頁で高野山にやって来た正直者は、銭の山を前に何をやろうとしているのだろう。

高野山奥の院

僧侶たち

あっぱれな人々

絵は高野山の奥の院。僧侶が三人出てきている。そのかたわらで、伊豆屋を名乗る男が腰をかがめて、人足たちに何事か指示している。

「高野山借銭塚の施主」の題名のとおり、伊豆屋はここに借銭の塚をつくろうとしているのだ。絵で一方の人足が手にしているのは、貫緡《かんざし》といって銭を千枚つないで一貫文（約二万五千円）にした束である。両手でどっさりとかかえている。一文銭（寛永通宝《かんえいつうほう》）は、まん中に四角い穴があり、藁しべでつくった銭緡《ぜにざし》の紐にとおして、このようにして持ち歩いた。もう一人の人足は、百文つないだ百緡《ひゃくざし》*1をかかえている。伊豆屋も右手に百緡を持っている。伊豆屋は、この銭を高野山におさめて、塚をつくろうとしている。僧侶はその供養のために呼ばれたのである。

借銭塚とは何か。伊豆屋の登場するくだりを紹介する。

大坂の江之子島に、伊豆屋という金持ちがいた。商売がうまくいかなくなって倒産し、正直に頭を下げて皆に詫び、全財産をさしだすと借金の六割五分あり、「残りの三割五分は、いつか目途がたちしだい返済します」と言う。債権者の誰をも納得させる見事な後始末だった。生まれ故郷の伊豆の大島に帰ったあと、親類を頼り、昼も夜も精出してかせぎ、もう一度かつてのようになりたいとの一念からずいぶんと儲けた。再び大坂に上がり、倒産のときの残りの借金をすべて返した。たしかに伊豆屋はそう約束したのだが、本来は倒産時の清算で話は済んでいる。返済の義務はすでにないのである。あれから十七年が過ぎていて、遠国に移って行方のわからない人もあった。その分の金は伊勢神宮へのお賽銭とした。すでに亡くなって子孫もない人が六、七人いて、その人たちに返すはずの金は、高野山に石塔を建て、借銭塚と名づけ、供養とした。このような人がいるとは、いまだかつて例がないという。

美談である。絵の伊豆屋は見るからに腰が低い。人足を相手にして、この謙虚さ。

伊豆屋と銭緡の人足

倒産から立ちなおれたのも、仁徳円満のおかげだろう。もしかすると、バカ正直とも思われる実直さのために倒産したのかもしれないのだが、伊豆屋はどこまでも正直一筋なのである。あっぱれである。

「高野山借銭塚の施主」の話でもうひとつ、あっぱれな商人の例として挙げられているのは、大津で千貫目（約十六億円）の借金をした男の話だ。世に珍しいことと評判になったという。このごろは京都や大坂で、二千五百貫目から三千貫目（約四十億～四十八億円）もの負債をかかえての倒産があり、遠国の小さな町とはくらべものにならない。天下に並ぶもののない大湊《おおみなと》の大坂だからこそ貸す者もある。借りる者もこれほどの大金を借りられるのだから、あっぱれである。つまり、大金を借りられるほど商人としての株は上がるのだ。金銀は回りものの世の中で、借金王とは自慢できる称号なのである。

正直とは時代を越えた価値があるが、借金王とは経済中心の世相が産んだ鬼っ子で、称号は虚像である。一歩まちがえれば、倒産王に転落し、大勢の債権者を産み落とす。虚像がまかり通っているあいだ、つかのまの光があたる。万事が金銀でうごく世の中の裏と表である。

＊1　百緡……じっさいには九十六文つないだものが九六銭《くろくぜに》とよばれて、百文として流通した。

悪玉のやりくち

絵（次頁）は高野山の墓地で、石塔や卒塔婆が並んで建っている。手前の川が玉川で、奥の院に通じる御廟橋《みみょうのはし》が架かっている。川岸には明編杉《みょうへんすぎ》と蛇柳《へびやなぎ》が描かれている。彼岸と此岸の境のような地である。橋のそばで人足が天秤棒でかついでいる荷物は貫緡。重そうに腰をかがめている。高野山では当時、宗派を問わず納骨ができ、碑を建てられた。伊豆屋はここに借銭の塚を建て、生前に借金を返せなかった人たちへの供養にするつもりである。生きてはいるが行方のわからない人へ返す金銀は伊勢神宮に納めた。神仏への信心厚い男である。

だからといって「高野山借銭塚の施主」は説教くさい話ではない。前段では、大坂の今橋筋に

高野山の墓地

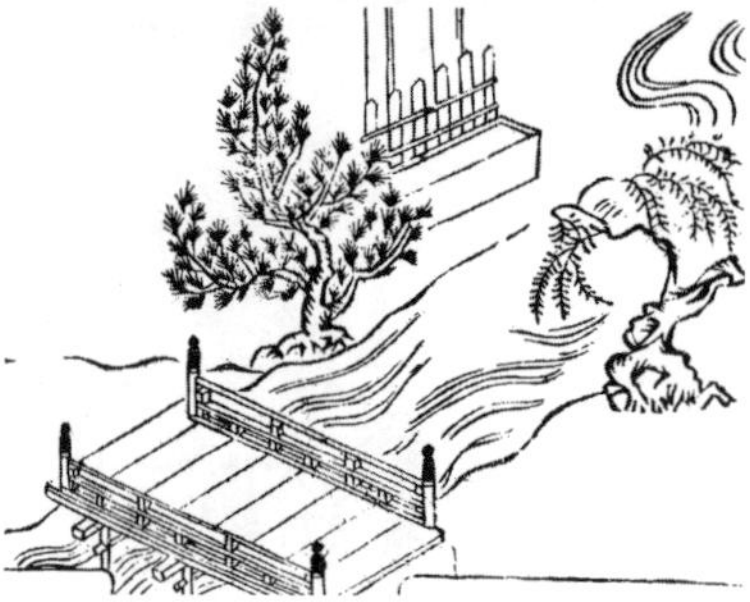
玉川と御廟橋

居たケチの金持ちが登場する。節約ばかりで何ひとつ面白いこともなく死んだあと、残った金銀は寺へのあがりものになり、四十八夜の念仏供養をしてもらっても「役に立たぬ事なり」とにべもない。そもそもこのケチな金持ちが自分の楽しみに金銀をつかえなかったのは、前世が将軍源頼朝から西行法師に賜った金の猫だったからだという。つまり、我が身は金でできているのに、自分のためにはつかえない運命だった。西行はその金の猫を里の子供にやってしまったが、今の人はそれをほしがる。欲の深いことだと、本文はいつしか教訓めくが、前世が西行の金の猫というのがすでにホラ話で、どこまでが本気かわからない。虚実の狭間を縫うような文章は、矛盾に満ちた現実の写し絵のようだ。

正直男の逸話と対をなす計画倒産の逸話について、そのやりくちも西鶴は紹介している。

かせぎはいいかげんにして、酒宴と美食を好み、着物をあつらえ脇差をこしらえ、遊女狂いや野郎遊びで浪費して、返す気のない借金をかさねるのは白昼強盗よりもたちが悪い。いずれ破産するつもりで、その数年前から弟に財産をわけて別家させ、そのときになっても残る財産を確保して、他人名義で屋敷を買ったり、我が身の置き所をしっかりつくったうえで、あとの脱殻のような財産を債権者たちにさしだし、古い大福帳[*2]を枕にふて寝する。町内の人たちが気の毒に思って、借金の返済を年賦払いにして家は手放さずにすむように調停を申し出ると、かえって嫌がり、表面上はかまどの灰まで債権者に渡したふりして家をたちのき、三月の節句にはのうのうと桃の酒を飲んでいたりする。

商人道徳も地に落ちた感があるが、正直者の逸話より、こちらの方がはるかに現実味を帯びているのが、今も変わらぬ世の中というものである。

＊2　大福帳……売買の記録をした元帳。大福とは福運の到来を願っての呼び名。

〔西鶴の言葉〕

（原文）　ある時十一貫目の分散に、ある物二貫五百目、課《おお》せ方八十六人、毎日勘定に出会ひ、仲間事に始末する人なく、遣日記《つかいにっき》に饂飩《うどん》・蕎麦《そば》切《きり》・酒・肴、さま〴〵の菓子を好み、半年あまり隙《ひま》を費し、取る物はみなになして、埒《らち》の明く所は、一人《ひとり》手前《でまえ》より四分五リンづつ出してつくばひ、町内へ礼いうてまはるもをかしかりき。

（現代語訳）　ある時、負債が十一貫目（約千七百六十万円）、債権者にさしだした財産が二貫五百匁（約四百万円）という倒産があった。八十六人の債権者が毎日、清算のために集まり、仲間うちなので倹約もなく、支出帳によると、うどん・そば・酒・肴、いろいろの菓子を好き放題にとり、半年以上暇をつぶしたあげく、取り分を食いつぶしてしまった。かたがついた時には、債権者それぞれが四分五厘（約七百二十円）を出して、平身低頭して町内へ礼を言って回ったのがおかしかった。

これも借銭塚の美談とともに語られる逸話のひとつ。倒産後の資産処分にかこつけて飲み食いするうちに取り分をなくした債権者たちは、世間の笑いものである。しかし、笑いものにされているうちは、まだ世間の内側にとどまっている。計画倒産で保身をはかる輩《やから》は恥を知らず、世間とのつながりは見せかけである。

正直者の伊豆屋はどうだろう。世間の賞賛を浴びただろうか。西鶴はただ「かかる人、前代ためしなき事なり」と記すだけだ。善事をなしたとも、讃えられたとも、書いていない。かといって、死んだ債権者にまで借銭塚を建てて供養するのは無用のはからい、正直も度を越すとバカがつくと、けなしているのかというとそうでもない。おそらく、どちらでもない。ただこんな珍しい男がいたと、万事が金銀の浮世に一石を投じただけなのだ。

ひと勝負二十両、カルタでつぶす身代

『本朝二十不孝』巻三の二

『本朝二十不孝』は親不孝者の話ばかりを集めた浮世草子である。すべての話が身をほろぼす結末なので、親不孝を戒める教訓集かと思いきや、そうではなく、眼目は堕ちていく者の生きざまをひたすら開陳《かいちん》することにある。どうしようもない不孝者の話が面白いのは、なぜか。親孝行の大切さを説く世間の声にうなずきながらも、多くの人はどこかに相反する気持ちを抱えているからである。自分ができないことをする主人公にひかれつつ、堕ちていく結末にも納得する。どうやら西鶴はそんな人間心理を知り尽くして書いている。面白いのも当然である。

絵は「先斗《ぽんと》に置いて来た男」の一場面。堺の大道筋に八五郎という金持ちがいた。もともとは銭勘定におそろしく細かく、遊里や芝居で遊ぶなどもってのほかという堅物だったが、親には不孝者との噂だった。そんな八五郎がある時、カルタ博打をおぼえ、ひと勝負にぽんと二十両（約二百万円）を張る。始末屋らしからぬ入れ込み方に周囲の人々が驚いた。即決の勝負で金が二倍になる商売などない、と八五郎は言い返し、博打にのめりこんでいく。もはや親の意見も耳に入らない。

絵のように、カルタ博打は個人宅でなく借家でめだたないように行われた。百目《ひゃくめ》蝋燭《ろうそく》の灯り、かたわらに夜食の重箱、使用しているのは天正カルタ（天正年間から普及、花札の元祖）、左上の男は片肌脱いで熱中している。この男がおそらく八五郎だろう。

その後、八五郎は転落の運命をたどるが、後悔したようすはついに一度も見せなかった。結末は親子ともども悲劇を迎える。カルタ博打はのちに禁止令が出るほど流行した。

カルタ博打

第九話　備後町の魚問屋〈『世間胸算用』巻一の三〉

三世代、買い物問答

伊勢海老の年の瀬価格

江戸時代になると年中行事がさかんになる。平和と経済発展のおかげで、たとえば正月の飾り物も年々派手になってくる。上方で蓬莱、江戸で喰積《くいつみ》とよばれたお飾りもその例にもれず、ついには商人の始末の美徳とかみあわなくなってくる。『世間胸算用』の「伊勢海老は春の栬《もみじ》」では、蓬莱につかう伊勢海老をめぐって登場人物たちの思惑がとびかい、話がくるくると回転する。

正月は神祭の色あいがつよい行事である。門松は歳神の依代《よりしろ》で、家には歳徳《としとく》の神[*1]を祀る。蓬莱とは中国の伝説に登場する神山で、不老不死の仙人の地とされる。正月の飾り物として蓬莱はたいへん縁起がいい。江戸時代の習俗を記した『守貞謾稿』によると、蓬莱は三方《さんぼう》の中央に松竹梅を置き、一面に白米を敷き、その上に橙《だいだい》、蜜柑、橘、榧《かや》、かち栗、串柿、昆布、伊勢海老などを積んで、裏白、ゆづる葉、野老《ところ》[*2]、ほんだわらを必ず添えるという。松竹梅は造りものではなく、本物をつかうとも記されている。縁起のよいものを揃え、かつずいぶんと豪華である。なかでも伊勢海老は蓬莱を立派に見せる。高価な品であり、皆がほしがるとあれば値が上がる。年末に需要が集中するので、なお高くなる。そこでどうする、と登場人物たちは知恵をしぼるのだが……。

＊1　歳徳の神……その年の福徳をつかさどる神で、歳徳神のいる方角を吉とする。

＊2　野老……ヤマノイモ科の多年草、根茎の苦味を抜いて食用にした。

籠をさげた買い物客

大蛸を売る男、魚を売る片肌脱ぎの男

絵は船場の備後町にあった魚問屋の風景。江戸時代の大坂は雑喉場の魚市場が三大市場[*1]のひとつに数えられて有名だったが、市中の人々の日々の胃袋を満たすには、各所に新鮮な魚を売る場が必要だった。それでも足りずに、路地にまで魚を売り歩く行商人たちがいた。大坂は最盛期で四十万人の人口をかかえる大都市だった。

人間の三つの楽しみ

年末の魚問屋である。魚を売る店は魚の棚とも呼ばれる。「備後町の中ほどに永来《えら》といへる肴屋に」と本文にあるとおり、備後町に実在した永来六兵衛の店だ。絵のとおり、陳列は、莚《むしろ》や籠、笊《ざる》にじかに魚介を並べての商売である。見事な大蛸がある。手前の鮪《まぐろ》の大きさはどうだ。

正月支度に合わせた品揃えなのだろう。絵の買い物客たちが声をかけているのは、おそらく値段交渉。魚介の持ち帰り用に籠をたずさえている。

絵の右端（次々頁）で片肌脱いだ男が持つ笊に伊勢海老がのっている。正月の飾り物、蓬莱になくてはならない食材である。男は、これは切れ物の伊勢海老だと言っている。切れ物とは本品限りで品切れとの意味。ここから客との駆け引きがはじまる。『世間胸算用』「伊勢海老は春の栬《もみじ》」の一場面である。

むかしから正月の蓬莱に伊勢海老がなくては新春を迎えた気がしない、とは本文の一節。とはいえ、年によって伊勢海老は値段が上がるので、貧乏な家、始末を心がける家では、伊勢海老なしで新年を祝う。同様に、橙が品薄で高くなり、一個が四、五分（約六百四十〜八百円）したときは、九年母《くねんぼ》が代用された。しからばと、伊勢海老も車海老で代用する人がいるが、こちらはどうもさまにならない。世間に知られた大商人の家では、暮らしにそれなりの費用をかけるのがむしろ自然である。たとえば、北風の雨しぶきがかかる壁を、莚ではなく渋墨《しぶずみ》の色付き板[*2]で覆うのは贅沢とはいえない。

つまるところ、「分際《ぶんざい》相応に、人間衣食住の三つの楽しみの外《ほか》なし」と西鶴はしめくくる。分相

鮪売り

応に衣食住の三つを楽しむ以外に何があるとでも言いたげである。始末を奨励しているわけではないが、贅沢を勧めているわけでもない。

その理由らしきものがつづいて述べられる。

どんな家業でも、親が定めた商売の仕方を変えてめったに儲けは出ない。とにかく年寄りの指図にさからうものではない。どんなに利発で才覚があっても、「若き人には三五の十八、ぱらりと違ふ事数々なり」というわけで、ようするに、三五が十五でなく十八になるような目算ちがいを若い者はする、戒めるべきである。と、なにやら説教くさいが、もちろんこれとて西鶴の本心とはいえない。おそらくは本心などない。世間の人々の物言いを写しとっただけだろう。

＊1　三大市場……堂島の米市場、天満の青物市場、雑喉場の魚市場を総称した呼び名。

＊2　渋墨の色付き板……渋と灰墨でできた防腐用塗料を塗った板で、壁土の落下を防ぐ。

ところで、先述の切れ物の伊勢海老を売る男、最後の貴重な品にいったいいくらの値をつけたのだろう。

年の瀬価格は五倍

本文をたどる。伊勢海老なしでは蓬萊が飾れないと、家々で買い求めたので、十二月二十七、八日よりあちこちの魚屋が買い占め、唐物《からもの》（舶来品）なみに手に入りにくくなった。

そうして大晦日には「髭《ひげ》もちりもなかりけり。浦の苫屋《とまや》の紅葉をたづね、『伊勢海老ないか〳〵』といふ声ばかり」となってしまう。藤原定家の有名な歌「見渡せば花も紅葉もなかりけり浦の苫屋の秋の夕暮」（『新古今和歌集』）のもじりである。

使いの者がさんざん探して、備後町の魚問屋で一匹だけ残っていた伊勢海老を見つけた。銀一匁五分（約二千四百円）から値をつけ、四匁八分（約七千六百八十円）まで出すと言ったが、これで品切れだからと言って売ろうとしない。店に帰って報告すると、親仁が渋い顔で言った。

「自分の代に、高い品など買ったことがない。薪《たきぎ》は六月、綿は八月、米は新酒を造らぬ前、奈良《なら》晒《ざらし》＊3は盆を過ぎてから買い、年中現金払いにして得をしている。せんだって父親が亡くなったとき

伊勢海老を売る男

は棺桶を樽屋まかせに買って高くついたのが今も心のこりだ。伊勢海老がなくても正月が迎えられないことはない」などと。

それでも内儀と息子が、娘むこが初の年始の挨拶に来るのに、伊勢海老のない蓬莱では格好がつかぬ、いくら高くても買ってこいと再度、使いの者をさしむけたが、先ほどの海老は今橋の問屋の手代が銭四百八十文（約一万二千円）の値で買い、祝儀の品に端金《はしたがね》は気にいらぬと銭五百文（約一万二千五百円）を払い、持ち帰ったあとだった。

親仁は、「その問屋はおっつけ倒産する、実情を知らずに問屋に金を貸した者の夢見はさぞや悪かろう」と笑った。結局、細工師に紅絹で張子の伊勢海老をつくらせ、二匁五分（約四千円）ですませた。正月が過ぎれば、子供の玩具にもなると得意げである。

ここまでの話、切れ物とはいえ伊勢海老一匹の値を五倍にまで吊り上げる魚屋、それでも欲しいものは高値でも買いたい人々、その姿を笑う親仁、三者三様の銭勘定が見えてくる。話を動かしているのは「高値でも買いたい人々」だ。この人々がいるから、魚屋は足元を見て高値をふっかける。「買いたい人々」は経済発展の恩恵を享受する人々であって、親仁は発展途上の時代を今もなお生きている人である。親仁は世間のうかれぶりに転落の兆しを見て、その外にいる自分を誇る。

結局、親仁の意見に周囲もうなずき、さすが身代を持ちこたえたお方の知恵はちがうと皆で賞賛したのだが、心からかどうかはわからない。もはや金銀や銭に対する感覚がちがってきているのだ。

＊3　奈良晒……奈良の特産の麻布。

伊勢海老をめぐるやりとりを聞いていた親仁の母が、話に入ってきた。母屋の裏に隠居していた九十二歳の母である。目も足も丈夫で、勘定は誰よりもしっかりしている。

「今日まで伊勢海老を買わずにいるとは、さても気がつかぬ者ばかり。そんなことでこの世帯が保てるものか」と、まずは喝を入れる。当時、九十二歳とは異様な長命だ。『世間胸算用』の刊行が元禄五年（一六九二）だから、刊行年をこの話の時代とすると、隠居の母は慶長五年（一六〇〇）生まれ、つまり関ケ原合戦の年にうぶ声をあげたのである。冬と夏の大坂の陣も、大坂落城後の混乱も、徳川幕府による大坂復興も、みんな見てきている。世の中なにが起こるかわからない、繁栄はいつまでもつづかない、と知っている。隠居の母から見れば、親仁はまだまだ甘い小僧である。

九十二歳の知恵

母は今年、伊勢海老が例年にもまして高騰するのを知っていた。暦のうえで、正月前に立春を迎える年にあたるため、伊勢の国で神祭に伊勢海老が大量につかわれ、そのあと大坂・京都で蓬莱用に入荷するからである。それを見越して母は、生まれてまもない伊勢海老を四文（約百円）ずつで二匹買っておいた。一匹は当家のために、もう一匹はいつも歳暮に牛蒡を五把《わ》くれる人がいて、そのお返しにするのである。牛蒡五把は一匁（約千六百円）の値打ちがあるが、伊勢海老はお返しに不足はなく元値は四文（約百円）ですんでいる。上には上がいるものである。

〔西鶴の言葉〕

（原文） さる程に欲の世の中、百二十末社の中にも、銭の多きは恵美酒《えびす》・大黒、「多賀は命神、住吉の船玉、出雲は仲人の神、鏡の宮は娘の顔をうつくしうなさるる神、山王は二十一人下々をつかはさしやる神、稲荷殿は身代の尾が見えぬやうに守らしやる神」と、宮すずめ声々に商ひ口をたたく。皆これさし当つて耳よりなる神なれば、これらにはお初尾上げて、その外《ほか》の神のまへは殊勝にてさびしき。神さへ銭まうけ只はならぬ世なれば、まして人間油断する事なかれ。

(現代語訳) さてさて欲の世の中で、伊勢神宮の百二十ある末社のうち、賽銭が多いのは恵比寿・大黒天である。「伊勢の檜尾山にあって長寿の神なる多賀神社、船霊《ふなだま》の神の住吉大社、縁結びの神は出雲大社、伊勢の鏡の宮では娘が美人になれまする、二十一末社の主といえば大津阪本日吉《ひえ》神社、伏見稲荷は倒産除けの守り神であらせられる」と伊勢参宮の案内の御師《おんし》(第三章第五話の絵と＊3参照)が、商売口調で言う。どれもさしあたって耳ざわりのいい神々だから、参詣人も賽銭をさしあげるが、その他の神々の前はひっそりとして寂しい。神でさえ金儲けはままならぬ世の中なのだから、まして人間は油断するなかれ。

本文では、さらに伊勢神宮でのみ通用する鳩の目銭と呼ばれる穴あき銭について述べている。賽銭のみにつかえる特別の銭で、六十文(約千五百円)で百文(約二千五百円)、六百文で一貫文(千文)が買える。隠居の母の言いざまをかりれば、伊勢神宮といえどもいいかげんに金をつかう者を嬉しくは思わない、その証拠には賽銭さえ六百文で買える鳩の目銭をこしらえて千文ということにして、宮めぐりにもたくさんの費用がかからないようにしてくださっている、というわけだ。たしかにこれなら、賽銭をあげながら得をした気分になれそうだ。神々のあいだでも算盤に長じ、人間心理に通じた神が、より多くの賽銭を集められるのである。

神でさえそうなのだから、まして人間は銭勘定に気を抜いてはならないという理屈。大上段で言われるほど、滑稽味が増す。筋は通っているが、どこか変である。しかし、おかしな理屈をこねる母の言葉に、まわりの人々は感服する。みんな、ゆたかさにうかれて銭の価値がわからなくなっているのだが、母もまた銭勘定でなんでも語ろうとする点で、まわりと変わらない。銭は不思議だ。どんな理屈でも、どこからか湧いてくる。

第十話　堺は始末で立つ〔『日本永代蔵』巻四の五〕

倹約家が浪費家でもある

八つの処世の心得

いまでこそ堺は大阪府のなかの一都市で、大阪文化圏の一員のように見られているが、かつてはそうではなかった。『日本永代蔵』の「伊勢海老の高買い」は堺の商人の話である。「堺は始末で立つ、大坂はばつとして世を送り」と本文にあるように、堺の人は倹約を旨とし、大坂の人は派手に金をつかうと、その気質のちがいが述べられる。読者は意外に思われるだろうか。始末で立つのは大坂も同じではなかったか。しかし、ふりかえれば、ここまでの九つの話、大坂の人々は倹約に励んでいただけではない、一方で派手な金のつかいっぷりが描かれてきたのに気づくはずだ。物事には両面があるのである。

ならば、堺はどうなのか。これは比較の問題である。大坂と比べれば、堺の人の方がより倹約に熱心だった。堺の人も金をつかう時はぱっとつかったが、大坂の人の方が派手だった。それで「堺は始末で立つ、大坂はばつとして世を送り」と西鶴は書いたのである。

第十話は第九話につづいて正月の伊勢海老の話題が出てくる。昨今はあたりまえになっているが、蓬莱の飾りに伊勢海老をつかうのは、もったいないというのである。似たような話の展開になるが、落ち着くところがちがう。人のちがい、町の空気のちがいとでもいうのか、西鶴の筆の調子も明らかにちがう。

ここに登場する堺の樋口屋《ひのくちや》と名乗る男、なかなかの始末屋である。そして、いかにも堺の商人である。どこが堺風なのか、西鶴の語るところに耳を傾けてみたい。

大阪人と堺人

絵は堺の樋口屋の座敷とその表。座敷の奥に描かれるのが最も上位の人物というのが約束。絵では女主人が座っている。屏風を背に、うなぎ綿をかぶり、正月の飾りの蓬萊（第一章第九話参照）を前にその品評をしているようす。蓬萊をはさんで向かいに座っているのは娘だろう。この頃流行した元禄島田と呼ばれる髪型に結いあげている。あとの二人の女性は、使用人。娘のかたわらに居る方が、簡素な髪形と着物の柄からみて下女。蓬萊の横に居るのが、上女中あるいは仲居と思われる。

本文には、当時の正月支度として、蓬萊のほかに餅と数の子も必需品になっていて、鰤《ぶり》、雉子《きじ》も並べる家があると記している。

不景気になっても、それ相応の正月準備をする風潮が広まると、需要を見込んで品物の値段が上がる。江戸では諸大名のご祝儀用だといって蓬萊につかう伊勢海老一匹が小判五両（約五十万円）、橙《だいだい》ひとつが三両（約三十万円）で売られた年もあったという。江戸には参勤交代のための諸藩の大名屋敷があり、こんな法外な高値も通用したのだ。同じ年に大坂でも伊勢海老が二匁五分（約四千円）、橙が七、八分（約千百〜千三百円）の値がついた。大名相手の江戸の価格と比べるとまだしもだが、大坂の買い手である町人たちが時によって後のことを考えない金のつかい方をするのは確かのようだ。

堺ではどうか。堺は摂津と和泉の国境《くにざかい》にあり、秀吉が大坂を建設する前から栄えていた町である。大坂とは三里の距離で近い。戦国の乱世にもまれて、町を焼かれたこともある。世間が無常であるのを実感し、石橋をたたいて渡る手堅さをおのずと身につけた。それで次のような本文になる。

堺の人の暮らし向きは質素で、見かけはきれいに住みこなし、物事に義理を立て、ずいぶんと上品である。しかし、どことなく老け込んでしまいそうな所ではあり、他所から来て住みつくの

蓬萊と女主人、上女中

娘（右）と下女

はむつかしい。元日から大晦日までの出費をあらかじめ計画して、他には一文もつかわず、さまざまな道具も必要なだけその時々にこしらえ、生活の足元が確かである。たとえば男は生地の丈夫な紬縞《つむぎじま》の羽織一枚を三十四、五年も洗濯せずに着とおし、平骨の夏扇を何年もつかっている。女もまた嫁入りのときの着物を着ずにそのまま娘に譲り、子や孫の代まで伝えて、折り目も違《たが》えずとっておく。

今回の話の主人公、樋口屋も無駄づかいとは縁のない人である。正月の蓬萊も高いものを買い揃えて飾ったところでなんの益もないと、伊勢海老の代わりに車海老、橙の代わりに九年母《くねんぼ》をつかったところ、才覚者の新工夫だといって堺中の人が真似るようになった。堺とはそのような土地柄なのだ。

対照的に大坂では、人々がその時々の栄華と思って享楽にふけるが、それは一度に大儲けできる土地柄だからだ。さらにいえば、大坂の女は盆・正月・衣替えの時はもとより、臨時にも衣装をあつらえ、惜しげもなく着古して、ほどなく針箱の継《つぎ》切《き》れにしてしまう。男よりもなお豪気なものだ。もちろん、大坂の人々にも始末の精神はあるのだが、ここでは堺と比べるために、大坂の派手さが強調されている。

「三文の客」の教訓

さて、絵（次頁）に見えるのは、正月の樋口屋の店先である。

門松の前の人物が樋口屋の主人。匠頭巾をかぶり、杖をつく老人として描かれているのは、堺の土地柄を連想させる老成のイメージだろう。

その前で下男が鍬をふるい地面を掘っている。門松があるから正月の出来事かと思うが、本文には、樋口屋の主人が下男に土掘りを命じたのがいつか明記はない。それを正月のように描いたのは、車海老の蓬萊の場面と並べることで、樋口屋の主人の始末屋ぶりをより印象づける効果をねらっているのだろう。

門松を背に樋口屋の主人、掘る下男

きっかけは、ある日の夜更け。樋口屋の門をたたき、酢を買いに来た客がいた。奥にいた下男が目を覚まし、「いかほどご入用で」と訊くと、「ご面倒でしょうが、一文（約二十五円）ほど」と返ってきた。下男は返事をせずに狸寝入り。客は仕方なく帰った。

翌朝、主人は下男を呼びつけ、「門口を三尺掘れ」と命じた。下男は言われたとおり鍬を取り、汗水流して堅い地面をやっと三尺掘ったところで、主人は「銭があるはず、まだ出ぬか」と問う。「小石と貝殻のほかは何も見えませぬ」と下男。そこで主人が、次の教訓を垂れる。

「それほどにしても銭が一文もないことをよく心得て、これからは一文の商いでも大事にせよ。むかし、連歌師の宗祇法師が堺においでになった時、貧しいながら歌道を好む生薬屋《きぐすりや》がいて、人々を招いて二階の座敷で連歌の会を催した。生薬屋の主人が付句《つけく》*1をする番の時に、胡椒《こしょう》を買いに来た客がいて、主人は一座の人々に断りを入れて席を立ち、四匁（約十五グラム）の胡椒を量って三文（約七十五円）受け取り、心静かに一句を思案して付けた。宗祇法師は『さても風雅なお心がけだ』と、ことのほか主人を褒めたという。人は皆、このように日々勤めるのが誠というものだ。私が少しの元手でありながら、一代でこのような分限になれたのは、ひとえに家計のやりくりがうまかったからだ」

＊1　付句……連歌では座に集まった者が、前の句に句を付けあっていく。付けた句を付句という。

どこまで手堅く？

樋口屋は、さらに次のような処世の心得を説く。

一、借家住まいの人は、家賃を日割りにしてその金額を毎日別にしておくといい。借金もそうして利息をひと月も重ねず、投資に回せば、いつかは思うままの商売ができるようになる。

一、借銭の返し方は、儲けがあればその都度、半分を別によけておき、一貫目（約百六十万円）の借金なら毎年百匁（約十六万円）ずつでも返していけば、十年で返済が終わるのだ。

一、儲けた金を算用なしにうっちゃって、決算の時に収支を合わせるようなことではいけない。

身代がうすくなる。

一、小づかい帳をつけるべし。買う物は買うにしても、おのずとちがいが出る。

一、商いをしない日は、わずかでも金を出してはいけない。

一、どんな物でもつけで買ってはならない。当座は目につかなくても、支払いの時、請求書の額に驚くものだ。

一、もし家屋敷を抵当に入れて金を借りるようなことになったら、外聞にかまわず家を売るべし。結局は利息に追われて、家をただ同然でとられるはめになる。

一、家屋敷を抵当に、などと考えなくてすむうちに、その場所を去って考えなおすべし。そうすれば、戸棚のひとつも残り、その日その日の商いくらいはなんとかなるものだ。

樋口屋自身がこのようにして身代を築いたのだろう。まことに手堅い。しかし、息が詰まる話ではある。説教を聞いて、下男は改心しただろうか。その顛末に、本文は触れていない。代わりに以下のような文面が付け加えられている。

堺に、にわか成金はまれである。親から二代、三代とつづいてきて、むかし買い置きした物をいまだに売らず、値上がりするのを待てるのは、身代に根が生えているからだ。朱座[2]は専売業でゆるがず、鉄砲屋は幕府の御用商人となり、薬屋仲間は輸入薬種の売買権によって、大きな身代を築きあげた。

堺の商人は外見は控えめにしているが、時にはなかなかできないこともする。たとえば、南宗《なんしゅう》寺《じ》[3]の本堂・庫裏に至るまで、一人で建立した奇特な人がいる。

「心はともあれ、風俗は都めきたり」とは本文に添えられた一節。なかなかできない都めいたこともやってのけるが、心はやっぱり始末第一ととれる。樋口屋の長い説教の眼目も始末のすすめにある。堺の成功者として名の挙がった者たちも皆、専売商品や幕府の御用で着実に儲けたのであって、大坂のように相場や金融でにわか成金となる者があらわれる機会は少なかった。したがって、心から「都めきたり」というぐあいにはいかず、またそれでよしとするところがあったのだろう。大阪人と堺人はどうも似ているがちがう。ちがうようで似ている。

＊2　朱座……朱と朱墨は堺の朱座の専売だった。

＊3　南宗寺……堺市堺区南旅篭町の禅宗の寺。延宝六年（一六七八）、堺の町人中村甚左衛門宗治が堂宇を再建した。

〔西鶴の言葉〕

（原文）　この前京の北野七本松にて、観世太夫《だいふ》一世一代の勧進能ありしに、金子《きんす》一枚づつの桟敷を、京・大坂に続きては堺へ取りける。至り穿鑿《せんさく》もこれにてしれぬる。奈良・大津・伏見も人は替らねど、この桟敷一軒も取らず。申せば安き事ながら、町人心に判金一枚にて借桟敷論じて、所せきなく見物する事、千秋万歳《せんしゅうばんぜい》の御代《みよ》にぞ住みける。

（現代語訳）　せんだって京の北野七本松で、十一代観世太夫の左近重清が一世一代の勧進能を催した。大判一枚（額面で十両相当）の値の桟敷を、京・大坂に次いで堺の人が多く買った。風流好きのほどが、これでわかる。奈良・大津・伏見も同じ人には変わりがないが、この桟敷を誰も買わなかった。風流を口にするのはたやすいが、始末大事の町人の心で大判一枚ぽんと出して桟敷ひとつを借り、所せましとつめかけて見物するとは、よくぞめでたい時世に生まれたものだ。

これも先述の「心はともあれ、風俗は都めきたり」の一例。千秋万歳とは千年万年の意で長寿を祝う言葉だから、「千秋万歳の御代」は天皇の御代の永いことの恩恵で、始末心の町人も時にはこのような贅沢ができるというような意味になる。ひいては幕府の政治の安定を祝しているともとれる。これが話の末尾の言葉。最後はお上を礼賛しているようにも見えるが、どこかそらぞらしい文言ではある。西鶴はなかなかに食えない書き手と思っておくとよい。

第十一話　長町の別荘〈『西鶴俗つれづれ』巻二の一〉

親の金は子がつかう

堅物親仁に放蕩息子

俳諧は江戸時代の町人文化の花である。ただの遊びではない。俳諧をたしなむほどの者は、古今の和歌に通じていなければならない。『源氏物語』をはじめ必須の古典もあり、吉田兼好『徒然草』もそのひとつだった。浮世草子作者にして俳諧師の西鶴も歌道の子であった。

元禄八年（一六九五）に刊行された『西鶴俗つれづれ』が、『徒然草』を意識した題名であるのは言うまでもない。ただし、刊行時に西鶴はすでにこの世になく、編集は門人の北条団水の手によって行われ、題名も団水がつけた。序文に添えた絵は、月夜の庵で一人静かに文机に向かう西鶴の姿が描かれている（閑話四参照）。兼好法師の姿と重ね合わせているのだが、「俗つれづれ」と題したところが俗世界の遊びである俳諧の味である。西鶴は浮世草子作者として成功してからも、俳諧師でありつづけた。西鶴にとっては草子も俳諧も同じつれづれの戯れだったのだろう。

『西鶴俗つれづれ』の「只《ただ》とる物は沢《さわ》桔梗《ききょう》銀《かね》でとる物は傾《けい》城《せい》」は、大坂の長町《ながまち》が主な舞台の話である。三人の親仁が歩いていると、ある家の垣根越しに女の姿が見えた。見れば見るほど美しい女で、親仁たちは心を奪われる。

ここで歌一首。「君がため春の野に出でて若菜つむ　わが衣手《ころもで》に雪は降りつつ」

美しい女も今から若菜を調理するところだった。俗つれづれの筆は、どんな美味談をつづるのだろうか。

吉田太夫（右上）と飯炊き女

大尽の隠れ家

絵は、新町遊廓の吉田という名の太夫。わけあって、長町のさる別荘で隠れ住んでいる。長町は日本橋の南に細長くつづく町。大坂の町はずれだが、紀州街道の筋道でもある。粋な人々の隠れ家が少なくないともいわれた。

場面は吉田太夫が、庭で松菜《まつな》の調理の準備をしているところ。松菜は若菜を味噌和えにしたり、吸物の青実《あおみ》にして楽しむ食材。もう一人は飯炊き女で、本文では、二人で松菜と葉人参と取り揃えて、とある。そこへ「浸し物にしておくれ。茶はわしがわかすから」と男の声と火打石を叩く音がした。いかにも大尽と太夫の隠れ家の一景である。

太夫の姿を本文は、こう描写する。小倉縮《こくらちぢみ》の帷子《かたびら》に、だんだら染めの芯なし帯を締め、竜田川に紅葉を散らした緋縮緬《ひぢりめん》の腰巻がよく似合う。黒髪もあっさりとひとつに束ね、引き裂いた半紙でさっくりと結び、気どりがない。一方の足に浅黄色の緒の女物の竹皮草履、もう一方に紫竹の皮の男草履を履いているのは、ご愛嬌だがどこかなまめかしくもある。絵ではここまで細部を描き込んでいないが、紅葉柄が印象的なのは変わらない。手前の飯炊き女が小さく地味に見える。

女たちのかたわらに大小の桶、手桶があり、包丁とまな板も見える。気候がよくなれば、外でできる家事は外でしたくなるものだ。簡単な調理なら、こうして庭先ですませることも多かった。

笹垣のこちら側に、女の方をうかがっている三人の親仁がいる。質素倹約が板についた堅物ぞろいなのだが、どうも垣根の向こうが気になって仕方がない。本文ではこのあと、上がり口に片尻かけた女の着物の裾が乱れて、緋縮緬の腰巻から雪のように白い足首から上が少し見えた。三人の親仁はすっかり夢見心地になる。

足元に水辺が描かれている。右端に見えるのは沢桔梗。親仁たちは道中で、この青い花を摘んできた。仏花にちょうどいいという始末心からである。こんな親仁たちが、もう一度、吉田太夫の美しい顔を拝みたいものだと笹垣の前からうろうろと離れない。絵にあるとおり、通りすがり

通りすがりの僧　三人の親仁

の物売り、脇差の町人、僧侶らに不審な目で見られている。

君がため春の野に出でて若菜つむ　わが衣手に雪は降りつつ　光孝天皇

『古今和歌集』のこんな歌も思い出しつつ、三人の親仁は女が新町の名のある太夫であることを近所で聞きだし、ますます惚れ込んでしまった。

それはさておき、この話、読者はいつの季節だとお思いか。松菜の若菜は春、帷子は一重の衣で夏、腰巻も武家では夏の礼装、竹皮草履も夏、沢桔梗の花は秋に咲き、「君がため春の野に出でて若菜つむ」の歌はもちろん春。季節がいりまじっているのが妙だが、これがじつは西鶴らしさのあらわれだ。

西鶴は浮世草子を書くようになる前、二十一歳で俳諧の点者となってからおよそ二十年間は俳諧師として名をはせた。俳諧では数人が一座に集い、句をつなげて詠んでいく。その時、春夏秋冬の季節を定式にしたがって織り込むのである。そうした俳諧の感覚で、西鶴は話を展開させている。現代人の目には不自然に映るかもしれないが、俳諧が大流行し、粋人や知識人のたしなみになっていた当時の目には違和感がなかっただろう。

春夏秋冬それぞれの季節感をひとつのイメージとして作品の中に散りばめて楽しむ。西鶴が創始した浮世草子は、のびのびとした俳諧的自由さで人々の心をとらえたのである。

五粒の銀で息子は勘当

堅物親仁の一人が巾着から五つ粒で四匁七、八分（約七千五百〜七千七百円）の細銀《こまがね》*1を取り出した。

ここから話が思わぬ方向に転がりだす。細銀を見せた親仁は、吉田太夫のためならこのくらいは惜しくないと言ったのだが、その頃の新町の太夫の揚代《あげだい》は安くみても銀四十六匁（約七万三千六百円）である。じっさいの遊びにはこの他に酒食代、ご祝儀などいろいろと物入りだから、親仁は奮発したつもりでも、その程度ではまだまだ足りなかったわけだ。そのうえ、なんとしたことか、親仁は細銀を道端の大溝に落としてしまう。着物が汚れるのもかまわず、溝を探したが見つからず半狂乱。「わしの生涯のしくじりだ」などと涙をこぼすところが、いじましい。

銀を失くした親仁は鉢巻をして寝込んでしまったがあきらめきれず、長男を枕元に呼び寄せると、細銀を見つけ出してくるように言いつけた。長男は溝まで来ると、探すのはおざなりにして、吉田太夫の姿をちらりと見ると、すぐに新町に足を向けた。長男は太夫と名のつく遊女を身請けして粋《すい》な別荘に囲うのが夢だった。新町ではさっそく亭主と太夫の身請けの相談をし、六百五十両（約六千五百万円）で請け出す内約をした。その太夫とはまだ馴染みでもなく喜ばれてもいないのに、見栄をはって押し通してしまった。

家に帰ると代わりの細銀を出して、「やっと見つけました」と報告した。親仁があらためると、それは落とした細銀ではなかった。親仁はかねてより手持ちの銀にはすべて屋号のしるしを打っていて、長男が出した銀は、蔵に仕舞ってあった先代ゆずりの銀のしるしが打ってあった。蔵を調べると先代が残した大事な銀があらかたなくなっていた。

堅物親仁と放蕩息子の組み合わせの結果は目に見えている。長男は家を追い出された。町はずれの玉造に藁葺きの家を借り、深編笠に大脇差をさし、浪人風を装って家々を回り押し売りするのをなりわいとするまでに落ちぶれた。それでもしばらくは遊廓で遊んでいたが、その姿も去年の五月までだった、というのが結末である。堅物親仁が太夫にのぼせたばかりに、細銀紛失、長男勘当。ひょんな弾みがとんでもない結果となる。経済発展の時代は、苦労した先代と苦労知らずの二代目がぶつかりあう時代でもあった。

絵に描かれた座敷は、次にあげる原文の「今の難波《なにわ》のいたり下屋敷に中二階のすだれまきあげ」にあたる場面である。長町にあった粋な隠れ家のひとつだろう。簾を巻き上げた中二階で、舞い踊り、琴に笛、三味線がうちそろって宴を催している。酒肴が置かれ、紫帽子をかぶった若衆、仲居の姿も見える。窓際で太夫の舞い姿を眺めているのが主の大尽。取り巻きをみんな呼びつけて、隠れ家で廓の気分を味わおうという趣向なのだろう。

隠れ家の座敷

＊1　細銀……豆板銀、小粒とも呼ばれ、目方一匁から五匁前後の銀貨をさす。

〔西鶴の言葉〕

（原文）　くばり札をもらい又太夫が舞を聞き果てて、皆六十にあまれる親仁三人、浜茶屋《はまぢゃや》に腰かけて足もやすめず、さりとはむかし作りのかたひせんさく、味噌塩焼木《たきぎ》または利銀のおさまる咄《はなし》して、けふの暑さをあふさかの清水にてしのがんと行く程に、久兵衛が西請《う》けの座敷入り日はさはりなれど、風のためには折ふしの昼寝所と人々の心うらやましかりけるに、いかな〳〵人のうちへははいりもせず。玉垣《たまがき》より外なる捨て石どもに休みて、浮藻《うきも》かきのけ岸には牛の足がたもかまはず。これぞ日本に七所の名水と手してむすびあげ、腹ふくるゝばかり呑みて、野にはたらく男の火縄きせるをかりて、然もかへるさに仏の花にこれよと、そのまゝしほれる沢《さわ》桔梗《ききょう》を手ごとに折りて、長町のうら道を詠《なが》め、今の難波《なにわ》のいたり下屋敷に、中二階のすだれまきあげ京から取りよせたる大名行《だいみょういき》の妾《てかけ》もの、または舞台子のしやれて紫の手ほそとり捨て男なりけるもおもしろし。

（現代語訳）　もらいものの招待券で又太夫《まただゆう》の幸若舞《こうわかまい》＊2の見物を終えた六十歳あまりの親仁が三人、帰り道では川岸の茶屋に腰かけて休みもしない。昔気質の堅物で、話題といえば味噌・塩・薪の商いや利息の回収法などで、今日の暑さは天王寺の相坂《おうさか》の清水を飲んでしのぐ。そのうちに、久兵衛の茶屋まで来た。ここの座敷は西日が入るのが難だが、よい風が通るので折り折りの昼寝にいいとうらやむ人々がいるというのに、どうしてどうしてこの親仁どもはそういう人並みの列には入らない。神社の玉垣の外の捨て石に腰かけるだけだ。相坂の清水に着くと、水際に牛の足跡があるのもかまわず、浮いた藻をかきわけ、「これこそ日本の七名水に数えられる水」などと言いつつ、手ですくい腹のふくれあがるまで飲んだ。野良仕事の百姓から火縄と煙管を借りて煙草ものんだ。帰り道のついでに、仏の花にこれがよいと、しおれやすい沢桔梗をそれぞれ手折って、長町の裏道を眺めながら帰った。この辺は今の大坂の粋《すい》な別荘があって、簾《すだれ》を巻き上げた中二階に京都から呼び寄せた大名の妾や歌舞伎若衆の姿が見える。若衆が紫帽子*3をとって、男の姿をさらけているのもおもしろい。

話の冒頭にあたる箇所である。堅物の親仁三人が天王寺からの帰り道、しみったれたようすで歩いていくのが目に見えるようだ。「しみったれた」とはいうものの、倹約は商人の美徳であって、本来は褒められるべきものである。西鶴の筆は親仁たちの振る舞いを揶揄するかのようだが、親仁たちを愛敬ある生き物として見ているといった方が当たっている。観察は細かく鋭いが、冷たくはない。追い出されて落ちぶれていく長男を見る目も突き放しているようで同情がまじっている。放蕩がばれて、息子はかわいそうに身の置き場をなくしてしまったと、本文にある。色と金銀に翻弄される人間の弱さに対する作者の目は、その奥にある人間味に注がれている。

＊2　又太夫の幸若舞……幸若舞は室町時代に桃井直詮（幼名幸若丸）が、武士の世界を題材にはじめた勇壮な声曲。又太夫は演者の名。

＊3　紫帽子……歌舞伎若衆が前髪を剃り落とした後に、月代を隠すためにかぶった紫縮緬の帽子。

第十二話　天満天神の万灯会〔『西鶴俗つれづれ』巻五の一〕

大尽が太鼓持ちになる時

香木一匁の価値

大尽が色遊びで身代を食いつぶしてしまう話を西鶴は好んで書いている。落ちぶれた大尽の運命はどうなるか。清貧に甘んじる者もいれば、命を落としてしまう者もいる。『西鶴俗つれづれ』の「金の土用干香木《どようぼしきゃら》ねだり」では、造り花をこしらえてその日暮らしをする元大尽が、かつての顔見知りの御隠居の太鼓持ちになる話だ。

太鼓持ちになってみると、生半可でできる商売ではない。ある時、お茶くみの小坊主に「飛石の上の猫の糞を掻け」と言われて辛抱の糸が切れ、食えなくなっても死んだ方がましだと思って暇乞《いとまご》いもせず座を立とうとしたが、夕御飯に御馳走が出て気が変わった。なんともやるせない。このあと元大尽の太鼓持ちにとってはさらに難儀な展開が待っている。

ちなみに元大尽の気を変えさせた御馳走の中身は、杉焼といって杉箱に魚や鳥の肉を入れ、杉の香りを移しながら味噌を加えて焼いた料理、いろいろな小鳥の田楽、諸味醤《もろみ》油をかけた初鮭などである。これが大名同然の美食で、太鼓持ちの身分ではとても口にできないと記されている。こんな暮らしも金しだいで手に入る。もちろんそれは、金の切れ目とともに手からこぼれ落ちるという意味でもある。わかりきったこの理屈を、人はつい忘れてしまう。思い出したときには手遅れなのだ。

西鶴はわかりきった話をじつは誰も本当にはわかっていないと、わからせてくれる。もののわかった作者とは、面白おかしい話を楽しませつつ、わかりきったことの意味を気づかせてくれる書き手のことかもしれない。

酒中花

天満宮

造花屋、酒中花

餡焼き屋の女房

五十嵐練油の店

天満天神、門前の賑わい

「造花」と書いた暖簾の下で細工ものの花を手にしているのが、この話の主人公である。店先の看板に「酒中花」とあるのは、この男の考案による品。山吹の茎のずいなどを花や鳥の形につくって縮めたものが、酒に浮かべるとひらく。こんな風流を思いついたのは、男がもともと色里で遊び惚けた大尽で、酒の楽しみにも通じていたからである。今は落ちぶれて藤や山吹の造花屋をして、細々と食いつないでいる。

隣で菓子を焼いている女は、男が頼った花屋の杢兵衛《もくべえ》の女房。天神様の夢のお告げでひらめいたという餡焼きの菓子をつくっている。右手でふいごを操って火をおこし、左手で餡を焼いては、台に並べている。「猿屋」の暖簾と「天神あんやき」の札も見える。杢兵衛の店は絵の中にないが、同じ筋にあるのだろう。

並びの店に「五十嵐練油《いがらしねりあぶら》」の文字が見える。調髪用の油で、京都三条の五十嵐某が製造をはじめたため、この名がある。

絵（次頁）は天満宮の門前風景。鳥居の前だから鳥居筋と呼ばれた道である。道を行きかう人々は親子連れが多い。天満宮が祀る菅原道真は、江戸時代には手習いの神様として知られていた。子供の上達を願っての参詣だろうが、にぎやかな門前で、買い物をしたり、飲食を楽しむのは親にとってもちょうどいい息抜きだった。境内にも、見世物や曲芸の小屋や茶屋がたくさんあったから、寺社に人が集まるのは自然の流れである。人出をめあてに、物売りもあらわれる。絵の中にも背負い商いの男がいる。天秤棒をかつぐ男は、何を売っているのだろう。

大尽と太鼓持ち、何がちがう

造花屋はもともと京都の上長者町の若旦那だった。祖父から三代の間に商売をやめて仕舞屋《しもたや》になり、のんびり暮らしていたのである。ここでいう仕舞屋とは、店商いをたたんで、両替屋と呼ばれる金融業で楽に儲けている上流町人をさす。親仁から財を積んだ七つの内蔵を相続した若旦那は、島

親子連れの参詣

天満宮の鳥居

原の太夫に馴染んだ朝帰りのあと、四条河原の芝居町の女形役者の私宅にしけこみ、夕暮れになればひいきの茶屋に出かけ、といった具合で我が家には寄りつかず、夢うつつで五年ほどを遊んだ。気がつけば、うなるほどあった蔵の小判も三千両（約三億円）にまで減っていた。色里で二万八千両（約二十八億円）をつかった勘定である。このあたりでやめておけばよかったのだが、若旦那はできなかった。別の太夫にのぼせあがり、家屋敷はもとより先祖代々の諸道具を売り払い、着の身着のままになっても、まだやめられない。男にとっては魂でもある粟田口国光の脇差[*1]まで手放して廓に通い、とうとう扇一本の身の上になって、ようやくわれに返った。

何かなりわいをもたなければ食べていけないが、顔を知られた京都にはいられない。頼って行ったのが、天満宮の鳥居筋に住む花屋杢兵衛の店。その女房を京都に居た頃、茶の間女として雇ったのを縁故として泣きついたのである。そうして天満宮の門前に造花屋を出し、それなりになんとかやっていけるようになった矢先だった。御隠居があらわれたのは。

天満宮で灯籠を奉納する万灯会《まんどうえ》が催された。北浜の淀屋橋で店を構えていた御隠居が大勢の太鼓持ちを引き連れての通りすがりに、造花屋を見つけた。絵（次頁）のとおり、造花屋の前を杖をついた御隠居が行く。お供を振り返って見ている。取り巻きの太鼓持ち、荷物持ちの下男といった連中だろう。本文では、この御隠居と造花屋の男の間で、交わされた会話から話が動く。御隠居は造花屋が大尽だった頃を知っていたのである。

御隠居は、「こんなことは世間によくある、時には拙宅においでなさい」と言い、造花屋はその言葉に乗り、取り巻きの太鼓持ちの一員に加わることに。貧乏でもそれなりに気楽に暮らしていた造花屋が、御隠居の誘いにひかれたのは、色里への未練からか。

そこへ御隠居が言った。太鼓持ちになった造花屋を「今夜は大名の御隠居に仕立てて、新町に繰り出してあがめさせ、座興にしよう」とはまた残酷な遊びではある。

造花屋は、大名に化けるのは難しいので、化け賃に秘蔵の香木をいただきたいと欲を出した。御

御隠居と太鼓持ちの一行

隠居は本初音《ほんはつね》という名高い香木を一匁（約三・七五グラム）をあっさりと手渡した。大名の衣装を着た造花屋を押し立てて、御隠居の一行は新町の遊廓に乗り込んだ。太夫を四、五人も一度に呼んで豪勢に遊んで、造花屋はかつての大尽遊びを思い出し、大名らしく横柄に振舞った。御隠居は太夫に香木があるからと耳打ち。太夫に「香木を炷《た》いてくだされ」と頼まれ、造花屋はぽんと香木を投げ出す。太夫は一匁の香木を割りもせず、そのまま炷こうとしたので、とうとう造花屋は「もう大名はやめます」と香木をつかんでとり戻す。一座は大笑い。余興はおひらきとなった。

造花屋も昔は百匁の香木を惜しげもなく炷いた大尽だったが、こんなに卑しくなったのも時世《ときよ》時節《じせつ》だと、皆は最後に気の毒がった。造花屋はなおも香木を褌《ふんどし》の結び目にしまいこみ、紙縒《こより》でくくり、大事そうに何度も上からさわっていたとの描写がつづく。色里という空間は、人間の哀しさとおかし味を浮き彫りにする。

＊1　魂でもある粟田口国光の脇差……町人（男）にとっても脇差は魂とされ、礼装に必ず着用した。

〔西鶴の言葉〕

（原文）　腰元つかひの若葉といへる女、親御《おやご》様の時見およびしを語りけるは、毎年六月中はこばんの土用干《どようぼし》をあそばしけるに、新左衛門の渋紙一枚に百両づゝ針がねくゝりにして、いまだ人の手にわたらざるを明所《あきど》もなふならべ置き、鳥箒《とりほうき》にてほこりを払ひ箱におさめて封を付け、一日にこれ程づゝ幾かぎりもなく風に当てられて、この家ひさしき小判ども夜々うめく事大かたならず、たま〳〵諸人のほしがるものに出世して、つゐに揚屋の手にもわたらず、まして野郎宿の花にもならず、一生男を持《もた》ずに朽ちはつる娘のごとく是は口惜しやと、声を立る事我等寝耳に入りて、かくと旦那殿に申しあくれば、それはだいたんなる小判めやと箱を釘付けあそばして、その後は土用干にも出ず、いつが大節季の払ひやら、大名かしになる事もしらず、ひさしく埋れしが、若代《わかよ》の物となり、この金子《きんす》、時にあふて。

（現代語訳）　腰元奉公の若葉という女が、親仁の代に見たと語ったことには、毎年六月中に旦那様は小判の土用干しをなさったという。渋紙屋の新左衛門から仕入れた渋紙一枚に、百両ずつが針金にくくりつけてあった。まだ人の手垢のついていない小判をびっしりと並べ、羽根の箒でほこりを払い、箱に収めて封印し、一日のうちにそうして何度となく風にあてられた。この家に久しく置かれていた小判どもは、夜になるとひどく呻《うめ》いて、「人のほしがる小判に出世したというのに、いまだに揚屋の手にも渡らず、役者買いの花代にもならず、一生男を持たずに朽ち果てる娘のようで、くやしくてならぬ」と声を立てるのが、寝耳にも聞こえた。それで、旦那にかくかくしかじかと申し上げれば、「それは大胆な小判め」と箱を釘付けにして、土用干しにも出されなくなり、大晦日の払いも、大名貸しも何も知らぬまま、久しく埋もれていた。ところが若旦那の代になってからは、この銀もついに日の目をみたという。

身代をつぶして造花屋となる若旦那の先代は、ご覧のとおりのたいへんな堅物だった。小判の土用干しというのが滑稽だが、先代にとって金銀はつかうものではなく、針金でくくりつけ、封印しておくものだった。小判のうめきが聞こえたという逸話は、始末ばかりに明け暮れるのも非人間的だという批判のようでもある。では小判たちの望みのとおり、遊女や役者に散財してみたらどうなるか。若旦那の代になって、その答えが出る。つかいだしたら止まらない。蔵に積まれた千両箱がきれいに消えてなくなるまで、若旦那は放蕩がやめられないのである。

そこまで遊ぶのはばかげている、ふつうはその手前で分別がはたらくものだと思うのは、長者というものになったことのない者（筆者もその一人だが）の意見かもしれない。若旦那は苦労知らずで財産を受け継いだ。金のありがた味は、貧乏になってみないとわからない。至極単純な真実がここにはある。

町人式、揉め事解決法

『西鶴諸国ばなし』巻三の三

町人暮らしの知恵を物語る話をひとつ。町人どうしの揉め事を、奉行所の手を借りずに誰もが納得いくようにどうやって裁いたか。『西鶴諸国ばなし』の「お霜月の作り髭」に、その一例が書いてある。

大酒を飲むのが余生の楽しみという隠居たちが、婿入りの前に寝入っている男を見て、いたずら心を起こし、寝顔に筆で髭を描いた。みんなが描いたので、顔が習字の稽古紙のようになってしまった。

当時の婚礼は夜、行われる。男は目を覚ましたが何も気づかず、そのまま袴に着替えて婿入りしたので、先方は驚いた。男はあとで、隠居たちのいたずらを知り、怒って脇差を持ち出した。舅も死装束《しにしょうぞく》で行こうとするので、男と隠居の双方の町の者たちが聞きつけて、なだめたが聞き入れない。

江戸時代の揉め事は、当事者それぞれの町の者が仲裁に入って和解を促すのが常だった。これで和解できない時は奉行所に訴え出て解決をはかる。この一件については、次のような処分でおさまった。

いたずらをした隠居四人の顔に髭を描かせ、頭に引裂紙《ひきさきがみ》をつけて狂人の格好をさせ、裃《かみしも》を着させて、真っ昼間に詫びをさせた。

まことに恥ずかしい姿を世間にさらしたわけで、男と舅も溜飲を一応は下げただろう。刃傷沙汰は避けられ、提訴もせずにすんだ。

これは知恵者の裁きといえる。誰からともなく、こんな解決法が提案されて、皆がうなずき、事がおさまっていく。町人たちはじつに巧みに日常の問題に対処していた。

この話、隠居たちの酒癖のわるさが発端だった。ちなみに西鶴自身は酒が飲めない下戸だったという。

死に装束で町内廻り

第二章　町人暮らしの四季

第一話　四天王寺のお彼岸参り〔『諸艶大鑑』巻五の五〕

春のお彼岸、遊びと風俗

茶臼山までつづく幔幕

第二章のテーマは、町人暮らしの歳時記。四季の風俗を中心に、彩りゆたかな点景をひろってみたい。

さて、第一話。春分と秋分を中日として、その前後各三日、あわせて七日間を、春あるいは秋のお彼岸と今は呼ぶ。江戸時代にお彼岸といえば、春の彼岸をさす。俳諧でも彼岸は春の季語で、秋の場合は特に秋彼岸という言葉がある。『諸艶大鑑《しょえんおおかがみ》』の「彼岸参りの女不思議」で描かれる四天王寺のお彼岸参りも春の話だ。

お彼岸の中日に寺参りをするのは、この日に太陽が真西に沈んで、阿弥陀仏の在所、極楽浄土の方向が人々に示されるからである。彼岸という言葉も、もともと梵語の「波《は》羅密多《らみった》」を訳した「到彼岸」の略で、煩悩（現実界）の此岸から涅槃（理想界）の彼岸に到るとの意味だ。お彼岸にはそれぞれのお寺で彼岸会といって読経や法話などの仏事を行い、多くの善男善女を集めた。元禄の頃は、お彼岸参りがたいへん盛んだった。

とはいえ『諸艶大鑑』に登場する男たちは、仏事よりも参詣の女たちに関心があるようす。陽気がたちのぼりはじめた春分の日の境内の風景とあわせて女性の風俗が、目に見えるような文章でつづられる。見開きの絵を見れば、大きな幕がかかっている。幕の向こうでさまざまな楽しみ事がくりひろげられている。

今でも四天王寺では三月に春のお彼岸参り、九月に秋のお彼岸参りが年中行事として受け継がれている。四天王寺が現在発行している案内によると、お彼岸の風習は日本独自のもので、平安時代後期よりはじまり、江戸時代に入って先祖供養の行事になったという。

絵は、四天王寺のお彼岸参りの境内風景。張られた幔幕《まんまく》越しに女性たちの姿が見える。後ろの木の陰に男が一人。みんな、幕の前を行く女性に注目しているようだ。

寺院群を埋め尽くす人

幕に囲まれて桜の木が咲いている。本文には糸桜が出てくるが、糸桜は枝垂桜《しだれざくら》とも呼ばれるとおり枝が垂れ下がるのが特徴で、江戸時代によく見られた。名所図会などに描かれるのは糸桜の方がふつうだったのである。しかし、絵の桜は枝の張り方がちがい、花も大柄だ。

現在、桜の名所として有名な造幣局の通り抜けは八重桜が主流で、百を超える品種があり、その中には糸括《いとくくり》や普賢象《ふげんぞう》などの古い品種が少なくない。糸括は江戸時代から、普賢象は室町時代からあったという。絵の桜もそうした昔の品種のひとつかもしれない。さても見事な枝ぶりである。

話の発端は、お彼岸の中日の四天王寺参りである。遊び仲間の男たちが繰り出して、石の鳥居をくぐり、奥の院[*1]、亀井堂などめぐり、茶臼山までやってきた。松の木陰に陣取ってあたりを見渡せば、一帯は参詣の人であふれ、提重箱《さげじゅうばこ》をひらく場所もないありさま。四天王寺はもとより、一心寺から茶臼山の麓に向かって幔幕がつづき、近くの草庵なども客人を集め、安居天神の貸座敷もふさがっている。こんな繁盛ぶりは唐にもないだろう、と本文はつづる。

当時は、茶臼山からこれだけの眺めが一望できた。本文には出てこないが、勝鬘《しょうまん》院、庚申堂なども風景に加わり、四天王寺のお彼岸は寺院群の回廊が人で埋まる壮観が見られただろう。人波はさらに寺町の大小の寺院群へも長々と連なったはずだ。

春の彼岸の頃はまだ寒さが残っているが、気分は陰から陽に転じている。お参りとはいいながら、なかば行楽に繰り出すようにして人々はやって来る。

さて、幔幕の中では何をやっているのだろう。

＊1　奥の院……未詳。元三大師堂《がんさんだいしどう》と推定する説（『定本西鶴全集　第一巻』中央公論社）もある。

桜の木

幔幕の内から、華やかに太鼓、鼓の音が響く。一節切《ひとよぎり》といって長さ一尺一寸一分（約三十三・六センチ）の竹笛のつれ吹き（合奏）も聞こえる。尺八の一種で、竹節がひとつだけあるから、一節切と呼ぶという。

野遊びの楽しみ

芝居見物で覚えたはやり歌も、あちらからこちらから。酒が入れば、即興的に浄瑠璃の文句をつくりかえて楽しむ細工浄瑠璃の余興もはじまる。別名を肴浄瑠璃とはよくいったものである。

座を囲んで俳諧のたしなみを披露する一行もいる。俳諧は教養と社交をかねた遊び。実力本意で、男女の区別もない。お彼岸参りは、同好の男女が参集しての吟行《ぎんこう》にうってつけの機会だった。十炷香《じしゅこう》の遊びに興じる女性たちもいる。三種類三包ずつの香と、一種類一包の香、合わせて十包の香を次々に焚いて香の名を当てるのである。江戸時代には香道のように風雅な競技も町人の間に広まっていた。

さらには、人形廻しというのも出てくる。操り人形をつかって、芝居の真似事などしてみせたのだろう。江戸時代には、宴席でのかくし芸を指南する本なども出版され、素人でも達者な芸を見せる者は珍しくなかったようだ。

猩々呑《しょうじょうの》みをする者もあり、という。猩々とは、顔が人、身体は狗《いぬ》や猿に似て、人語を話す大酒呑みの怪獣。参詣に来たというのに、はめをはずしてがぶ呑みする者もいた。

お彼岸参りの人々のいちばんの楽しみは、野掛振舞《のがけふるまい》といわれる野遊びでの飲食だ。ある者は木地のままの簡易な食器、ある者は重箱に飯を入れ、あとは和え物など一品あれば、酒の肴になる。酒は瓢箪に入れるのが、持ち歩きに便利だった。

絹の幕のすき間に、くくり枕[*2]がのぞいたり、風呂敷を幕の代わりに引っ張った向こうで入子鉢《いれこばち》[*3]のあきがらを枕にしているのが見えたりもする。食べて呑んで、あとはごろ寝。夢まぼろしの春らしい風景ではないかと、本文は記す。

幕

思い思いに羽根をのばし、季節のうつろいに浸る町人たちの暮らしぶりがうかがえる。

絵に描かれた幕は大きく、紋も描かれて、なかなかに立派である。五月の幟《のぼり》にした幕との一文があり、端午の節句に用いられたのを流用したものとわかる。幕の内側にいるのは大店の女主人とその娘、息子たちだろうか。

＊2　くくり枕……綿や蕎麦がら、茶がらなどを入れ、両端をくくって枕にしたもの。
＊3　入子鉢……複数の鉢を入れ子にした、持ち歩きなどに便利な食器。

女性の参詣、そのいでたち

絵で、幕の前を行く女性の姿を本文が描写している。

下に白無垢、上に紋なしの黒羽二重を着て、黒の帯を締め、紙緒の草履をはき、初心《うぶ》で、これ見よがしの風もなく、蹴出《けだ》しといい、腰のひねりといい、かざした手元までしおらしくないところがない。数えきれない参詣の女性の中で、その美しさは、麦畑に紅梅の散るのを見るようだ。近寄ると恋もさめてしまうことが多いというのに、見れば見るほど美しい。それも道理で、女性はかつて新町で名の知られた太夫、背山《せやま》だった。すでに廓の勤めを終え、さる家の女房になっていたが、いわゆる町女房とは風情がちがっていた。連れているのは下女だろうか。歩き姿がずいぶんとちがう。

と、本文は手放しの褒めようだが、無地の黒羽二重に黒帯といういでたちには、これといった季節感はない。

お彼岸参りの太夫の背山

春らしさを装っているのは、むしろ話の前半で登場する「ふつうの女性」たちの方なのだが、「彼岸参りの女不思議」という題を思い出しながらお読みいただきたい。

最初の女性は、黒髪を切り、上に鶯茶《うぐいすちゃ》の着物、下着に鹿の子の引返し、左手には仏前草の樒《しきみ》を一本さげて、後家の色気をかもしだしているが、歯が白いところを見ると未婚である。右手で袖香炉を出して下女に焚きつがせたりもして、なお妖しい。

次の女性は十八、九の娘で大振袖を着ている。肌には鮮やかな黄鬱金《きうこん》＊4の引返し、中には玉虫色の綸子《りんず》を着て、上から福島絹[*5]を空色に染めて墨絵風の山水を描き、定紋は朱色という凝りよう。ところが帯は、木綿の細い小倉縞で、なんともちぐはぐだ。下女は一人が竜門の大幅帯、もう一人が白縮緬に梅の落葉を散らした帯を締めて、春めいている。

いかにも人の女房と見える女性で、黒の引返し、黒糸の縫紋で着物の上も下もそろえ、茶もうる[*6]の帯をしている者もいた。目立たぬ地味な装いだったが、下女に興行中の芝居の筋を聞きながらやって来る。家に帰って問われた時に、自分も芝居見物をしていたと言うためである。懐から鬢鏡をとりだしたのは、彼岸参りにかこつけて秘め事を楽しむ前に身づくろいをするためだ。こちらは、心が春めいている。

＊4　黄鬱金……ウコンの根で染めた濃い黄色。
＊5　福島絹……福島産の絹織物で、主に白無垢に用いられた。
＊6　茶もうる……インドから伝わった女帯地の紋織物。

〔西鶴の言葉〕

（原文）「さあ〳〵中日じや、参らじやれ」と、是非にさそひて行くに、仏法の昼なれや。下寺町にさしかゝる時、わら屋にはしり寄るを、「何の用か」と尋ねければ、数珠預けて来たといふ。いづれ女房こそ見に行け、それはいらぬ物よと、無分別仲間、難波《なにわ》の大寺に入りて、東門中心の額の銘もとうとからず。

（現代語訳）「さあさあ、お彼岸の中日じゃ、ぜひとも参ろうぞ」と仏法の世なればこそ、皆を誘い出した。下寺町にさしかかると、藁屋に走り寄る者がいて、「何の用か」と尋ねると、「ここに数珠をあずけている」と言う。「つまりは女を見に行くのだから、そんなものいらないよ」と無分別な連中が、四天王寺にやって来た。石の鳥居にかけられた「東門中心」との額の銘にも尊いとは思わないのだ。

話の冒頭、遊び仲間が誘い合わせて、お彼岸参りに出かけるくだりである。仏法の世と最初にいっておきながら、すぐに数珠などいらないと急転する。目的は女見物というわけで、以下いろいろな女が参詣風景とともに描かれる。どうやら女たちの方も、お参りとは別のお目当てがある者が少なからずいるようだ。

ひとしきり賑やかに、女たちの品定めが行われたあげくの結論。今日の参詣には数万人の女が出たが、近頃は大吉弥[*7]の風俗を真似るなど、流行を取り入れる者が多く、目を楽しませてくれる。けっこうな時代だというのである。春だからこそ、また女たちもきれいに見えたのだろう。

＊7　大吉弥……上方歌舞伎の名女形として人気を博した初代上村吉弥。延宝期（一六七三〜一六八一）を中心に活躍した。

駕籠に乗る大吉弥（『男色大鑑』より）

第二話　新町の七夕〔『諸艶大鑑』巻六の三〕

七夕祭の夜の出来事

盂蘭盆の風習さまざま

夏の夜といえば納涼の怪談話がつきものだが、怖いもの見たさの心理はむかしも今も変わらない。

『諸艶大鑑』の「人魂も死ぬるほどの仲」に登場するのは人魂《ひとだま》である。七夕の夜ふけ、月は落ち烏は啼き、新町の空を飛んでいく怪しい光り物がひとつ……。ぞっとする話かと思いきや、そこは西鶴の浮世草子である。あらぬ方向へと話は脱線していく。

江戸時代の七夕は七月七日に行われた。現在の暦の八月初旬である。年に一度、この日に天の川の両岸にある牽牛星と織女星が逢瀬をはたすという中国の伝説と、女子が手芸の上達を願って牽牛星・織女星のお供えをする中国の乞巧奠《きこうでん》の風習が入りまじり、さらに日本の棚機女《たなばたつめ》の信仰が合わさって、人々の暮らしにとけこんでいったという。室町時代の将軍家には、七夕の日に七枚の梶の葉に和歌を書き、これを素麺などとともに竹にくくり、後ろ向きで屋根に投げ上げる慣習があり（西角井正慶編『年中行事辞典』）、七夕の笹竹や短冊、笹竹を川や海に流す七夕送りのルーツを思わせる。

江戸時代には手習いや技芸が盛んになり、七夕はその上達を祈る祭との色合いが濃くなった。七夕送りには穢れを祓う意味があり、牽牛星（彦星）と織女星と（織姫星）のロマンともあいまって、年中行事として広く親しまれた。

さて、話の舞台は新町である。七夕の夜、太夫と客との会話はどこへころがっていくのやら。

絵は、新町の揚屋の前。玄関から出て、遊女たちが並んでいる。顔をおおって泣いている遊女がいる。遣手《やりて》の婆も出てきて、何やらようすをうかがっている。

盂蘭盆と葬式

頭巾の遊女は火を焚いて何をしているのだろう。時節からすると、迎え火のようだ。京阪では七月の十二、三日頃に盂蘭盆《うらぼん》の迎え火を焚く。送り火なら十五日である。絵の遊女が手にしているのは苧殻《おがら》といって、麻の皮をはいだ茎。これを火にくべて祖霊を送り迎えするのである。もっとも、この話は七夕の話題ではじまるので、絵はそこから数日後の場面ということになる。いつのまにか時間が経過している。あるいは本文と絵の時間がずれているのだが、このくらいは珍しくない。浮世草子の絵師の表現法ともいえる。

絵（次頁）で、通り過ぎていくのは葬式の行列である。提灯をかざした先導者は三角巾を頭につけている。僧侶と手に数珠を持った人々がつづく。

中央に見えるのは駕籠のようだが、じつは棺桶。これから火屋に向かうのだろう。火屋は火葬場で、千日前にあった。新町からはおよそ半里の距離である。

棺桶の棒をかつぐ男は裾をからげている。同様の格好をしている者はほかにもいて、夏の夕の蒸し暑さを想像させる。絵には描かれていないが、本文には行列が銅鑼《どら》や鐃鈸《にょうはち》など鳴らしながらやって来たとある。銅鑼も鐃鈸も金属製の打楽器で、仏事の鳴り物に用いられた。

行列の中に一人だけ数珠を持たない男がいる。代わりに扇を広げ、絵（次頁）のようにうしろが気になるのか、振り返っている。この男、ほんとうは葬式となんの関係もない。揚屋の太夫の情夫で、今夜も人目を忍んで来ていたのが、監視役の遣手の婆に気づかれて追われていたのである。とっさに行列にまぎれて、難を逃れたという次第。

泣く遊女

迎え火をする遊女

七夕の井戸には素麺

そもそも話は、新町の太夫が七夕の夜に、梶の葉と墨筆《すみふで》を手向けたところからはじまる。七夕には、七

葬儀の行列（三角布の男・僧侶・棺桶）

情夫の男

枚の梶の葉に七首の和歌をしたため、筆と硯を添えてお供えにするのが、当時の風習だ。子供であれば手習いの上達を祈って。遊女の場合は技芸の練達を願って。

太夫がぽつりと言った。「遊女の身の上で彦星と織姫星のようにまれにしか会えないとなったら、どれだけ悲しいことでしょう」

客が言うには「それは恋を知った者の言葉に聞こえるけれど、盆の無心を言われる前触れのようにも聞こえる」と。太夫のセリフは、物入りの多い盆に太夫を揚げるような上客になってください、との遠まわしな誘いではないかというのである。

さらに客は「一年に一度しか来ない男は、揚屋の亭主と顔を合わさぬようにして家に帰り、井戸替えに供えた素麺でも召しあがれ」とも。井戸替え（第三章第六話参照）は七夕の日に井戸をさらえる風習で、終わったあとは井戸の蓋の上に素麺や瓜をお供えするのがつねだった。こうして井戸の穢れを洗いさり、水の神を祀るのである。

太夫と客との会話のあと、夜はふけ、月がかたむき、闇の中で烏が不気味に鳴きはじめた頃、空を横切る怪しい光があった。

あれはまさしく人魂であると、みな口々に言いあった。

「柄杓のかたちに似ている」

「遊女に物を高く売った小間物屋が死んだにちがいない」

「遊女を貸しに行く*1ので、あんなに急いでいるのだろう」

「度をこして散財した客の人魂だ。頭が大きく、あとが細い」

「いいや大尽でござろう。盆の節季に遊廓を編笠もかぶらず通った*2」

「話下手とみえて、頭から消えた」

「こんな夜ふけに出てくるのだから、あの人魂も主人なしとみえた」

「もしや太夫の情夫か」

墓場にあらわれた太夫の幽霊（『諸艶大鑑』より）

井戸替え（『好色五人女』より）

言いたい放題のすえ、客たちは笑いあったが、話はこのあと、太夫と情夫のさまざまな逸話につながっていく。最後に、話の語り手自身が情夫であったと明かされ、追っ手を逃れて葬式の行列に身をかくす場面につづく。まさに自在な語り口である。

人魂があらわれたのにつられて、絵の迎え火の遊女も描かれたのだろうか。盂蘭盆の頃といえば、大坂では貞享・元禄の頃から七墓めぐりという風習が広まった。七月十五日の夜から明け方にかけて、鉦や太鼓をたたいて市中の七箇所の墓地を巡拝する。梅田・長柄《ながら》・蒲生《がもう》・小橋《おばせ》・高津・千日・飛田の七つ、あるいは蒲生・千日の代わりに葭原・野江を入れる説もある。盂蘭盆の夜に七墓をめぐれば、千仏供養に相当するとも、死んで葬式の日に雨風のうれいがなくなるともいわれた（牧村史陽編『大阪ことば事典』）。

七墓めぐりは、のちには七つの寺の墓を巡拝するようになったという。七つの寺はどこでもかまわないが、最後は必ず四天王寺でなければならないとされた。信仰と肝試しと遊山気分がまじりあった夏の夜の楽しみとして、七墓めぐりは江戸時代を通して流行した。

＊1　遊女を貸しに行く……客がいったん揚げた遊女を、別の客の求めに応じてまわすのを貸すという。求めた客からみると借りるという。

＊2　節季に編笠もかぶらず……借金のある客は節季になると編笠で顔をかくす。その必要がないのだから大尽だというのである。

〔西鶴の言葉〕

（原文）禿《かむろ》が雪駄《せった》の音をやめて、からくり人形のありくごとく、忍ぶは合点ゆかぬと、立ちとまりて見るに、勘右衛門辻《かんえもんつじ》迄来て、この所には、糸引く化《ばけ》もののあるといふをもおそれず、しばし四方《よも》を見晴らし、懐より文取り出して、井戸蓋をあけて、念ごろにさし込み、立ちのきしが、また見にもどる身振り、ちいさきなりして、それ〳〵のかしこさ。いまだ物せまいと思へば、さてこれには宇佐賀《うざか》の森の神主も、目利《めきき》違ひ有《ある》べしと、帰る跡にて取りさがして、上書き読むに、名こそなけれ、その太夫が手にはうたがひなし。

（現代語訳） 雪駄の音をひそめつつ、禿がからくり人形のようにひと足ひと足しのび歩くようすがどうもおかしいと、立ちどまって見ていると、勘右衛門辻＊3まで来て、ここは糸を引く化物が出るというのにこわがりもしない。しばらくあたりを見まわすと、懐から手紙をとりだし、井戸蓋をあけ、ていねいにさしこんだのち、立ち去ったかと思うと、また見に戻ってくる。小さいなりに賢いものだ。まだ男は知らないとは思われるが、これればかりは鵜坂《うざか》の森の神主＊4でもまちがえるかもしれない。禿が帰ったあと、その手紙を探しだし、上書きを読むと、名前は書いていないものの、その禿が付いている太夫の筆であるのは疑いなかった。

太夫に付いて遊女の見習いを勤める禿は、たいてい十三歳を過ぎた頃の少女である。当時はこの年頃で、もう大人扱い。身体が小さいだけで、ひととおりのことは知っていてもおかしくなかった。手紙は太夫から情夫にあてたもので、夜がふけるのを見はからって、禿が人目を忍んで、かねての約束の場所に隠し置いたのだろう。井戸蓋の下とは考えたものである。単に目につかないだけではない。井戸の神の加護を期待する心理があったのではないか。

井戸は飲み水をくみ出すだけでなく、水の神を祀る場所でもあったとは井戸替えのところですでに記したとおりだ。井戸替えは七夕の日に広く行われたが、この日を井戸替え盆と呼ぶところもあり、地方によっては子供の無病を祈る神事や夏の病を祓う神事なども行われた。

さて、手紙は、禿のようすを盗み見ていた遊び仲間の男たちに見つけられてしまったが、「恋の道はお互いさま、見逃してやれ」とのひと言で、開封されずにもとに返された。これもまた井戸の神のご利益だろうか。

＊3　勘右衛門辻……新町遊廓の中にあった佐渡島町上之町と下之町の間の四辻。勘右衛門とは同町の年寄の名。

＊4　鵜坂の森の神主……富山県越中町の鵜坂神社の尻打ち祭では、参詣の女性にその年に関係した男の数をきき、同じ数だけ神主が尻を榊で打った。数を偽れば神罰がくだるといわれた。

第三話　茶屋に並ぶ旬の食材〔『諸艶大鑑』巻三の三〕

亥の子に吹く寒風

占いの予言の行方

人の行く末はわからぬもの。一代で財を築く者がいるかと思えば、長者の家に生まれても気がつけば落魄の身という者もいる。流れる年月とともにうつろう季節のあれこれを織り込んで、人生の不思議を物語る口調が冴える。そんな話も西鶴にはお手のもの。『諸艶大鑑』の「一言聞く身の行方」が好例だ。

声で人の運命を知る五音《ごいん》の占いが得意な右望都《よもいち》という座頭がいた。ある年の春、伊勢から大坂に移り住むことになり、伊勢神宮の御師《おんし》（第三章第五話の絵と＊3参照）の彦六太夫といっしょに旅立った。鈴鹿峠をのぼり、蟹が坂にさしかかったころ、にわか雨が降ってきた。そこへ通りがかった娘九人の一行があり、皆が木陰に雨宿りするのに、一人の娘が「つれない松にいつまで頼る。濡れかかった袖だもの」と言い捨てて行く。聞いた右望都が「今の娘は行く末必ず遊女になる身」と言った。

五音の占いは果たして当たっただろうか。

話はこのあと大坂にうつる。御堂前の花屋、遊廓の火鉢、亥《い》の子《こ》の餅、茶屋の栄螺《さざえ》、蛤、車海老、豆腐田楽など、町なかの季節の表情を見ていきながら、いつしか歳月は過ぎ、再び彦六太夫が大坂にやって来た。新町の遊廓に足をはこび、そこでかつてのあの娘と再び出会う。さて、話の顚末は。

季節とともに人の運命もめぐる。人の世の歳時記をつづる西鶴の筆である。

さかいや

灘屋の暖簾

栄螺・蛤・薄塩の鯛

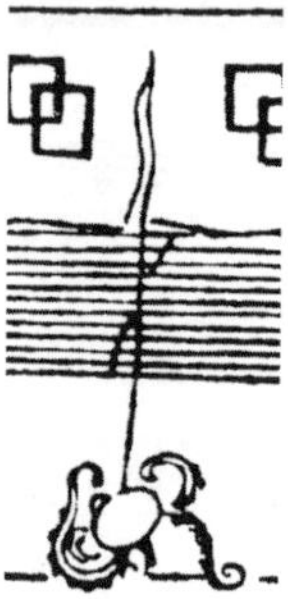
天蓋吊りの蛸

栄螺と蛤、蛸に鯛

絵は、新町の茶屋の風景。「灘屋」と書いた暖簾の店先に、栄螺、蛤、天蓋吊り[*1]の蛸、薄塩の鯛などの食材が並んでいる。

「さかいや」と書いた茶屋には、車海老と魚が見える。絵（次頁）で、女が団扇であおいでいるのは、本文には出てこないが豆腐田楽。[*2]季節は晩秋から冬のはじめである。

本文には、柾《まさき》の葉を敷いた上に食材を並べたとある。見栄えよく、食欲をそそる工夫である。灘屋にも本文にないものが絵に描かれているが、季節から考えて、細長いのが牛蒡《ごぼう》、蜜柑のようなのが柚子《ゆず》、笊《ざる》に入っているのが里芋だろう。いずれも古くから大阪人の献立に欠かせない旬の食材である。絵になくて本文にあるのが、小板の蒲鉾《かまぼこ》だ。

灘屋の店先には、まな板と包丁、菜箸も置いてある。魚介や野菜をその場でさばくのだろう。客の気をひく演出である。さかいやの豆腐田楽も、味噌が焼ける香ばしい匂いで客を誘っている。

茶屋の女は赤い前垂れをするのがつねだった。本文には、前垂れが夕日に映えて、女が簾《すだれ》越しに流し目しつつ、忙しく客をあしらっていると書かれている。菓子盆と油差し[*3]を両手に持っていたかと思うと、戻ってきた時には茶碗と火入れ[*4]をさげている。鍋の蓋をあけて加減をみたり、ちょっと手があけば買い物の帳面をつけたりと、一人でなんでもこなしている。といって、ざわざわしたところはなく、新町という場所がら、三味線の音色もときおり聞こえているが、小唄の声は低く、物言う声もいたって静か。これはこれで乙なものである。

おそらく、どこの茶屋でもこんな風景が見られたのだろう。遊廓の茶屋の風情がうかがえる。

＊1　天蓋吊り……仏像などの上にかざす笠状の飾りを天蓋といい、そのような趣で飾り吊るすこと。
＊2　豆腐田楽……長方形に切った豆腐を串にさし、味噌をぬって火であぶった、定番の茶屋料理。
＊3　油差し……行灯《あんどん》に灯りの油をさす道具。
＊4　火入れ……煙管の煙草に火をつけるための種火を入れた器。

さかいやの豆腐田楽

柚子・里芋・牛蒡、まな板・包丁・菜箸

御堂前で花を買う

この話には、新町にいそいそとやって来た職人の弟子とおぼしき男が出てくる。親方が定めた勤めのほかに、冬の夜の氷をたたいて手の荒れるのもいとわず内職仕事をし、銀一匁（約千六百円）ほどもかせぐと、岩に花が咲いたような心地で遊廓に急ぐ。銀一匁は遊廓の遊女の最下級にあたる端女《はしじょ》郎《ろう》の揚代《あげだい》にあたる。一夜の楽しみのために、つらいアルバイトまでして、ようやく勇んで繰り出した男のいでたちが面白い。

まず正月の着物をどこかから盗み出し、羽織は弟子仲間のものを借り、小倉帯[*5]を前結びにして、盆からずっと大事にしまいこんだ雪駄をはき、床屋で髪を好みに結わせ、懐には鼻紙の半帖《はんじょう》[*6]を思い切りよくねじ込み、道行づくしの浄瑠璃本[*7]をたずさえ、皮付きの大楊枝[*8]、喜三郎の磨き砂[*9]までとり揃えた。たいしたかせぎのない半人前の身の上ながら、せいいっぱいにめかしこみ、浮き立つ気分で支度をととのえたのがよくわかる。

通り道では、御堂前の花屋に寄った。北久太郎町の南御堂（東本願寺難波別院）の門前は、花屋が軒を並べているので有名だった。ここで季節の花（第三章第九話参照）を買って思案するうち、「家の花畑で今を盛りと咲いていた」と遊廓で見栄を張る算段をするのが、またおかしい。

大門をくぐって遊廓に入ると、太夫が引船に源平合わせ[*10]の道具を持たせて悠々と歩いていくのが見えた。誰もが振り返るその美しい姿には目もくれず、お目当ての端女郎のいる局《つぼね》[*11]へと先を急ぐ。

ところが男は、局の前に来ても、すぐには入らない。遣手の婆に引きとめられ、もったいつけて、やっとなじみの端女郎とさしむかえになった。このあとのやりとりは、親しい間柄の客と遊女の季節の挨拶をかねた戯言《ざれごと》である。

「この間は珍しく雪が降って、お前さんも白うならしゃった。米が安うなって足も太い」と男が火鉢の灰をせせりながら、からかう。

「こりゃよい羽織じゃ。けど裄《ゆき》が短い」と女も負けてはいない。

「さては借着じゃと言わしゃるか。親仁がくれたさかいに着たまでじゃ」

男がむくれて、女がとりなし、仲なおりして敷莫蓙《しきござ》と木枕を二つとりだす。

「今夜は亥の子の荒《あれ》で、おお寒い」と女。

「餅を持ってきて、お前さんにあげるのじゃった」と男。

亥の子の荒とは十月亥の日の前後に吹く寒風。同月亥の日亥の刻には亥の子餅を食べる風習があった。万病除けとも子孫繁栄の祝いともいわれる。西鶴の浮世草子に登場する遊女は太夫が主で、端女郎の話は少ない。太夫の相手は大尽だが、端女郎の相手は庶民。それも職人の弟子のような金銀とは縁のない者たちだ。それでも分に応じた楽しみはあり、季節は誰にでも平等にめぐってくる。亥の子の寒風を、二人の会話の情感がしっとりとやわらげている。

＊5　小倉帯……経《たて》糸を密に、緯《よこ》糸を太くした厚手の木綿帯。九州の小倉産。
＊6　鼻紙の半帖……職人の弟子には贅沢だが、遊廓では鼻紙を懐に持ち歩くのがたしなみ。鼻紙の半帖は五十枚の意。
＊7　道行づくしの浄瑠璃本……人気の浄瑠璃の道行場面を集めた、いわば名場面集。遊女との会話のネタ本にしたと思われる。
＊8　皮付きの大楊枝……皮を残し、端を房状にして、歯磨きに用いた大きな楊枝。
＊9　喜三郎の磨き砂……本町にあった喜三郎の店の歯磨き粉。大楊枝と合わせて、遊廓での身だしなみのために持参したのだろう。
＊10　源平合わせ……源平の合戦をなぞり、盤と旗を用いて競う香道の遊び。
＊11　局……端女郎のいる部屋。通りに面して並んでいた。

五音占いの顚末

さて、話は冒頭の彦六太夫にもどる。右望都の五音占いから四、五年が経ち、彦六太夫は大坂にやってきた。新町遊廓の町々をぶらぶらと眺め歩いていると、ある店でとても品のよい遊女がいるのに目がとまった。髪を流行の投島田《なげしまだ》に結い、無点の『大学』を静かに読んでいる。無点とは、読みやすくするための訓点をほどこしていないとの意。『大学』は四書のひとつに数えられる儒学の本。なかなかの教養の持ち主と見えた。かつ物腰がやわらかい。

すっかり惚れこみ、揚屋に呼んであれこれ話にふけるうち、この女がかつて右望都の占いで将来は遊女になると予言された、あの娘と判明した。彦六太夫は驚き、これも縁《えにし》と、残りの年季を清算し、故郷に連れ帰った。その後、女は田舎の娘たちに漢文など教えて、一人ひっそり暮らす身の上となった。女はもともと召使を三十人ほども使っていた財産のある家の生まれ。どういうわけで落ちぶれたのか、本文はふれていないが、身についた品が最後は助けになった。彦六太夫は御師《おんし》という神職を勤める者。女も尼のように精進して、感謝のうちに歳月を過ごしたのだろう。

〔西鶴の言葉〕

（原文） やう〳〵三十日に、弐拾四匁取る内を拾三匁出してする事は、博多の小左衛門が、大判の風車を拵《こしら》へ、長崎屋の出羽にとらし、禿《かむろ》の金作に、唐人踊りをさせしより、競《くら》べてこれが奢《おご》りなり。

（現代語訳） 三十日かかってようやく二十四匁（約三万八千四百円）かせぐなかから十三匁（約二万八百円）も出して遊ぶのは、博多の大尽の小左衛門が大きな風車をつくって新町長崎屋の太夫の出羽に与え、禿の金作に唐人踊りを踊らせたのとくらべても、この方が贅沢だ。

ひとくちに職人といっても、職種や熟練度によって、かせぎにはかなりの開きがある。ここでひきあいに出されている三十日で二十四匁という数字は、かなり安い。おそらく半人前の見習い職人だろう。ちなみに西鶴の時代から少し後の宝永六年（一七〇九）に定められた職人の日雇い賃金は、大工一人賃金の三匁三分から五分（約五千三百から六百円）を最高額として、もっとも安い日用（作業員）一人賃金の一匁六分から七分（約二千六百から七百円）まで幅がある。日用でも三十日分賃金にすると四十匁（約六万四千円）を超え、この話の職人の弟子よりずっとかせいでいる（渡邊忠司『町人の都大坂物語』）。

たしかに三十日で二十四匁のかせぎで、一度に十三匁（二匁取りの端女郎ならほぼ半日の揚代）の散財は、大尽の大盤振舞いよりも豪勢だろう。しかし、もともと金銀を持たない若い職人たちにすれば、一文なしになっても、親方や仲間を頼ってしばらく時をやり過ごせばすむ話。かせぎが入れば、また同じことを繰り返すのかもしれない。懲りないものである。

第四話　季節の節目の言葉〈『西鶴織留』巻一の二〉

松茸で貧乏、懐炉で長者

商人のあたりまえの生き方

貧乏は誰しもしたくない。しかし、商人というものは、うまく事が運ばなければ貧乏になる。もちろん、うまくいけば長者にもなれる。利口なだけでもいけないし、欲ばってもいけない。元手がなければ苦労が多く、行き詰まってもそれなりに道はある。あたりまえのことなのだが、そのあたりまえをしっかり生きていくのが、商人のなすべきことだという。

今回の話は『西鶴織留《おりどめ》』より「品玉とる種《たね》の松茸」。底に流れているのは、いわば商人道とでもいうべきもので、それは何かと問われれば、前記のような内容になる。といっても、そこは西鶴の浮世草子。商人の浮き沈みをあるがままに書くとこうなったという趣で、教訓臭は薄い。商いの町でもまれながら生きていく商人たちの肉声が聞こえてくるところに本領がある。

もうひとつ面白いのは、話が季節の節目を織りこみながら展開していくので、江戸時代の暮らしの歳時記としても読めること。上巳《じょうし》（桃）の節句の蓬《よもぎ》、端午の節句の菖蒲《しょうぶ》、重陽《ちょうよう》の節句の菊酒《きくざけ》など、次々と出てくる季節の言葉の響きを楽しみたい。

『西鶴織留』の巻一・巻二はもともと『本朝町人鑑』と題された未完の作品だった。町人鑑と銘打ったところに、作者の意気込みが感じられる。ちなみに巻三～六は同じく未完となった『世の人心』という作品。このふたつを合わせて刊行されたのが『西鶴織留』だ。本来は『日本永代蔵』『本朝町人鑑』『世の人心』で三部作となる予定だった。西鶴が執筆途中で亡くなったため、『西鶴織留』は遺稿集としてまとめられた。

寺子屋の文机

庄屋と亭主

茄子と犬蓼で懐炉誕生

絵は、寺子屋の風景。子供たちが座る文机の左手には手習いの手本があり、右手に硯がある。正面に帳面を広げて、手本の字を筆で書き写している。文机の並べ方が縦と横の両方あるのは、田舎風の気楽さだろうか。場所は遠里小野《おりおの》*1。主人公の亭主が、うまくいかない商売をたたみ、金策であくせくしない暮らしを求めて、女房の実家の里に引っ越してきたのである。

とりあえず夕方から油を売り歩くかたわら、食い扶持《ぶち》かせぎに土地の子供たちの手習いの師匠ができるくらいは、字が書けたのだが、いろはの「い」の字から教えはじめて、謡《うたい》を教える段になって、心得がないので困った。そのうち庄屋からも、「節用集《せつようしゅう》」*2には載っていない難しい漢字について問われるようになり、そのたびに返事ができなかった。

この時代、一介の小商人もそれなりの読み書きができ、里の子供でも謡の好みをもち、庄屋は難読漢字を知りたがる。市中でも近郊でも、大人から子供まで知識欲と好奇心があった。

見開きの絵の右側で縁に座っているのが庄屋だろう。左で巻物を広げている寺子屋師匠の亭主に、何やら質問でもしているようす。

座っている女性は女房。うしろに置かれた野菜は、実家からのさしいれ。本文では麦や綿、新米が届けられたとあるが、描かれているのは、葉付きの大根のようだ。それなら季節は冬である。家に障子や戸がなく、開放されているので、夏のようでもあるが、挿絵で家の中を描くときには季節を問わず障子、戸を省くのがつねである。

話はこのあと、寺子屋師匠の力不足で、手習い子が次々とやめてしまう。たちまち暮らしは苦しくなり、日々の暮らしに必要な銭三十文（約七百五十円）がかせげなくなった。しかしある時、偶然に、茄子《なすび》の木と犬蓼《いぬたで》の茎を燃やした灰の熾火《おきび》が長時間消えないのを発見。江戸に下って銅《あかがね》細工の職人をつかって懐炉というものをつくり出した。売り出したところ、老人や隠居、宿直の侍

女房と野菜

衆などに重宝され、流行の品に。のちには「御火鉢、煙草盆の火入れの長持灰《ちょうじばい》」と看板を出して売りさばき、金持ちの仲間入りをした。亭主の名は林勘兵衛。大いに儲けたのち、ついには江戸の日本橋に両替店を出す。諸大名の御用金をどれだけ申し込まれても応えられるまでに至る。押しも押されもせぬ長者になったのは、貧乏暮らしにも辛抱した女房を天が哀れんでくれたのだろうと、本文には記されている。

＊1　遠里小野……住吉大社の南に広がる丘陵で、万葉集にも歌われた古い地名。大和川の開削以後は南北に分割された。

＊2　節用集……室町時代からある実用性に富んだ簡易の国語辞書で、江戸時代には広く用いられた。

四季の品々

話の前段に、商人の四季について述べるくだりがあり、これがなかなか面白い。玉蜀黍《とうもろこし》の根が南に高く生え出る年は、二百十日に大風が吹くと『東方朔秘伝置文《とうぼうさくひでんおきぶみ》』＊3にあり、そういう年には米や麦の俵物を買えば儲かるのだが、資金がないのはせつないものだ。三月二日、五月四日、七月六日、九月八日と六十日ごとに節季の支払い＊4はめぐってくる。正月に掛鯛《かけだい》＊5に添えた歯朶《しだ》が少し枯れたと思うと、もう上巳（桃）の節句の蓬《よもぎ》を売り歩く声が聞こえる。蓬餅の材料にするのである。端午の節句に葺いた軒の菖蒲がまだ残っているのに盆の灯籠を吊り、盆踊りと節季の支払いに気がざわめく。蓮の葉に包んだ強飯《おこわ》のぬくもりが冷めないうちに、重陽の節句に飲んだ菊酒＊6の勘定書きに驚く。この時期には世間の義理として栗を贈るのだが、栗の値が高い年には漆塗りの台に鯣《するめ》十枚、あるいは干魳《ひかます》二十枚をのせて代わりにしていたりもする。

　大晦日はなんといっても一年のしめくくりだから、支払額はかなりのものになる。気をつけて商売しても勘定が足りなくなるのは、ままあることだ。この話の主人公の亭主も、商売をしていた頃、支払いに苦心した年があった。それで、懇意にしている金持ちの和尚に、銀五百匁（約八十万円）の借金を申し込んだ。のらりくらりの返事をする和尚に無理やり頼み込む。毎日お世辞

塩鯛（『日本永代蔵』より）

を言い、お茶、煙草でもてなし、五日に一度はちょっとした品を持参して頭を下げる。一斤四匁五分（約七千二百円）もする初物の松茸を買って、「嵯峨の親類からの届け物」ということにして持って行く。寒中の養生に薬食《くすりぐ》いといって肉食をする十月の頃には、山鳩《やまばと》を藁包《わらづつみ》に入れて「山家《やまが》の知り合いからの貰い物」と言って届ける。十月の亥の日[*7]には孫や子のお祝いの亥の子餅を贈り、和尚の母には丸頭巾をさしあげる。あげくには寒い深夜の自身番《じしんばん》[*8]の代役までかってでるわ、猫が棚から落ちて怪我をしたと聞けば駆けつけ、暮れの餅つきにも夫婦で手伝いに行って、亭主は風呂に水を汲みいれ、女房は大釜を焚くなどして、骨を折った。

そうしてやっとのことで金を借りられたのは、大晦日の四つの鐘が鳴る時刻（午後十時頃）だった。しかも利息は月に一分半（年率十八パーセントの高利）、かつ証文には「いつでも御用の節はお返しします。お返しできない時は、一人娘を遊女町に売って相済ませます」と書き入れた。「その上でこのたびの御恩は忘れることではございません」と、寺の家族にまでお礼を言って、年を越した。結局、亭主は五百匁（約八十万円）を借りるのに、八十四匁六分五厘（約十三万五千円）をつかった。

亭主と女房が相談をし、世間体にかまわず、商売の藁草履《わらぞうり》屋をたたんで遠里小野に引っ込んだのには、こういういきさつがあった。世の中は金銀が金銀を生むようにできていて、もともと資本のない者は、いくらかせいでも他人のために働くようなものと、夫婦は悟ったのである。この決断をきっかけに、夫婦の暮らしは四季の情緒をとり戻しただろう。しばしの苦労はあったが、懐炉のおかげで開運したのは先述のとおりである。

＊3　東方朔秘伝置文……神仙の術を使う前漢時代の伝説の人物、東方朔が残した暦占いの書。貞享三年（一六八六）刊行。
＊4　節季の支払い……元禄時代には六十日ごとにめぐる四つの節季に大晦日を加えて、勘定の支払いが年間に合計五回あった。
＊5　掛鯛……元日に塩小鯛の口に縄を通して結んだものをかまどの上に吊るし、竈神《かまど》の荒神への供えとした。
＊6　菊酒……九月九日の重陽の節句は菊の節句とも呼ばれ、菊の花を浸した酒を飲んだ。
＊7　十月の亥の日……十月の亥の日、亥の刻（午後九～十一時）に、無病や子孫繁栄を願って、亥の子餅を食べる風習があった。
＊8　自身番……町内の防犯、防災などのために設けられた番屋に、各戸が交替で詰めて役をつとめた。

〔西鶴の言葉〕

（原文）　明くる春の四日に棚おろしの勘定をして見しに

（現代語訳）　年が明けて正月の四日に、棚おろしの勘定をしてみると

決算のために、在庫品の種類・数量・品質や保有する財産を調べる棚おろしは、おおむね年頭の吉日に行われた。商人の一年はさまざまな年中行事で忙しい。商売が順調であれば忙しさは張りとなり、不調であれば追いかけてくる火の車になる。大事なのは心がけだ。掛売りや短期の借金は、証文なしに帳面の記入だけで何事もなく金銀の受け渡しを済ませられる。こういう商人どうしの暗黙の掟を守り、土地のしきたりにそむかないのがいちばんだ。西鶴は教訓を垂れているのではない。あいもかかわらず、町人暮らしの現実を述べているだけなのだ。

四季を詠む西鶴

『西鶴俗つれづれ』巻一序

浮世草子の作者になる前、西鶴は高名な俳諧師だった。一昼夜で二万三千五百句を詠んだ矢数俳諧が有名だが、その発句はあまり知られていない。

発句とは俳諧の第一句が独立したもので、現在の俳句の元祖である。

西鶴の発句をふたつ紹介する。

長持《ながもち》へ春ぞ暮れゆく
衣がえ

江戸時代の衣がえは、四月一日に防寒用の綿衣《わたぎぬ》などの着物をしまい、身軽な袷《あわせ》を出す。陰暦四月は今の暦の五月にあたる初夏の頃。過ぎ行く春の思い出を着物といっしょに長持（衣類などを保管する長方形の箱）へ一枚一枚おさめていく。

四季の移り変わりを軽妙かつ町人暮らしの情緒たっぷりに切り取った。西鶴が三十歳のときの句。

ちなみに十月一日の衣がえでは、袷をしまい、綿衣を出して冬に備える。

世に住まば聞けと師走の砧《きぬた》かな

こちらは西鶴、晩年の句。

砧とは衣板《きぬいた》の意で、布を木槌で打ってやわらげるための台をさす。

砧の音は、和歌では秋の寂しさを詩情ゆたかにあらわす語である。

この句の砧は師走に響く。和歌とは異なる、寒風のなかで聞く生活の音だ。町人の世が生んだ、新たな季節の詩である。

絵は、没後にまとめられた遺稿集『西鶴俗つれづれ』より、西鶴の肖像。庵で閑寂の時を過ごす晩年の作者というイメージだろうか。

原文の巻頭には「俳林西鶴」とあり、西鶴が俳諧の人であったことを偲ばせている。

西鶴の肖像

第三章　男の色恋、女の色恋

第一話　京都から山崎へ〈『好色一代男』巻一の一、二〉

町人流「もののあわれ」

世之介は町人世界の光源氏

『好色一代男』は西鶴の浮世草子第一作。鋭い人間観察と、俳諧師らしく言葉の連想がうねる文体で新ジャンルを開拓した。時に天和二年（一六八二）、『好色一代男』は大好評をもって迎えられた。以後、およそ十年間にわたり、西鶴は浮世草子作者として数々の作品を発表していく。

『好色一代男』の構成は『源氏物語』の五十四帖をなぞっている。『源氏物語』を好色物語として江戸時代に置き換え、平安時代にもののあわれと結びついていた好色を俳諧的な俗の味付けで料理した。つまり、主人公の世之介は町人世界の光源氏なのである。

現代の読者は「好色」という言葉に卑俗なイメージがうかぶかもしれない。しかし、西鶴の描いた好色の根にあるのも「もののあわれ」の伝統で、それは俳諧が和歌・連歌に根を置いていたのと同じだ。西鶴の浮世草子の斬新さは、いわば先祖がえりによって生まれたともいえる。

『好色一代男』の冒頭の二話、「けした所が恋のはじまり」「はずかしながら文言葉」を紹介する。次頁の絵は、それぞれの話の挿絵を左右に並べたもの。世之介が七歳と八歳の時の逸話が描かれている。

早熟を絵に描いたようなこの主人公、生まれながらの好色に生きる男である。遊廓の存在、町人長者を生む経済発展、町人文化を謳歌する風潮が折り重なって、物語の背景をつくる。世之介はまさに時代の落とし子だった。

西鶴の文章もみずみずしく、はじけるような勢いがある。新しい町人文芸がここからはじまった。挿絵は西鶴自身の筆による。

渡り廊下の世之介と腰元二人

乳母

世之介は裏・光源氏

見開きの絵の右側は『好色一代男』より「けした所が恋のはじまり」の挿絵である。上段の絵はその一部。主人公の世之介は七歳。夏の夜にふと目を覚まし、小用に立つ。その途中、長い廊下を渡って行く場面である。先導の腰元が手燭をかざし、世之介の足元を気づかっている。その袖を引く世之介はいかにも幼い。もう一人、守り刀をたずさえた腰元がつき従う。腰元という呼び名は、武家だけでなく町人の屋敷でもつかわれた。少し距離をおいて、ついてくるのは乳母である。

渡り廊下を支える柱が高いのは、王朝時代の絵巻物に描かれた貴族の屋敷を意識しているのだろう。『好色一代男』が『源氏物語』の江戸時代的再現であるのは先述のとおりである。廊下から南天と竹、手水鉢が見下ろせる。家の鬼門にあたる東北の隅には、難を転じる縁起かつぎの南天を植えてあり、濡縁《ぬれえん》には割り竹が並べられていた。小用を足す壺には防音と防臭のため松葉が敷かれていた。

さて、用を足し終え、手水をつかう時になり、腰元が濡縁の竹のささくれ、釘の頭など出ていてはと、手燭をさしのべると、世之介は「その火を消して近くへ」と言う。腰元が返して「お足元が気がかりでこういたしますのに、暗がりにしてどういたしましょう」と。そこで世之介の一言。「恋は闇ということを知らずや」

それで、もう一人いた守り刀を持つ腰元が望みどおりに吹き消したところ、世之介はその袖を引いて「乳母はいるか」と気にするのがおかしかった。乳母は奥様に報告した。「まだ交わりの道も知らないうちから、早やお気持ちだけは道に通じておられます」と。聞いた奥様はさぞお喜びのことであろう、と本文はつづく。

世之介の生い立ちはというと、浮世のことはさておき女色・男色のふたつの道に入れ込んで夢介と呼ばれた但馬国《たじまのくに》の大尽が京に出てきて遊蕩の限りを尽くし、ついにはその頃全盛の三人の太

手水鉢と南天

厠と竹

夫を身請けして、それぞれ嵯峨や東山、藤の森に密かに囲い、契りを重ねるうちにその中の一人の腹から生まれた、その子こそ世之介であるという。

　前文中の「浮世のことはさておき女色・男色のふたつの道に入れ込んで」のところが、世之介に流れる好色の血筋の中身である。世之介の父の夢介は、世間的なもろもろの事柄は捨てて、色恋の道に染まったというのだが、これはつまり色恋の道は世事に属さないということだ。いわば出家と同じで、もはや超俗の人といっていい。夢介は京の都で遊蕩をかさね、一条堀川の戻橋《もどりばし》*1に歌舞伎若衆や坊主の姿で出没して、化物と噂されるが、これらはすべて世間の外に出た人の振る舞いである。夢介の色道追求が産み落とした子が、世之介だとは「あらはに書きしるすまでもなし。しる人はしるぞかし」と本文にある。わざわざ記すまでもない、すでに知られた話であるという。これからつづられる話はどれだけ荒唐無稽に見えても、すべてこの浮世で起きている事柄なのだとほのめかしている。『源氏物語』で、絵空事《えそらごと》こそ真実と言った光源氏のセリフを思い出す。

　とはいえ、『好色一代男』の最後は、世之介がその後、次々と恋に身をやつし、五十四歳までに戯れた女の数が三千七百四十二人、男色の相手が七百二十五人あったとの記述を紹介し、幼い頃から腎水をかい出して、よく命があったものだと締めている。もっともらしく数字をもちだしながら、内容はあきらかにホラ話。虚実の間を行きつ戻りつ楽しませる呼吸が、好色というテーマの生々しさを乾いた明るいものにしている。

*1　戻橋……鬼女退治などの怪異な伝承で知られる。

なにゆえに女性に人気

　見開きの絵の左側は、同じく『好色一代男』より「はずかしながら文言葉」の挿絵である。上段の絵（次頁）

はその一部。高殿の欄干にもたれて世之介が、下女が洗い張りをしているのを見下ろしている。前には文机《ふづくえ》があるが、手習いにはどうも身が入らない。右の手の中になにやら握っている。恋文である。世之介はこの時、まだ八歳。

右下で、世之介を振り返っているのが、恋文の相手、おさか。じっさいの展開は、世之介とおさかの間には何事もなく、絵の内容は事実と想像が入り混じっている。

それにしても早熟な少年である。まだ手習いで「いろは」を練習している最中だというのに、一人前に恋文をしたためられたのには、次のような裏話がある。

山崎（現三島郡島本町）の姨《おば》の家に預けられていた世之介は滝本流の書[*2]に通じた坊主に弟子入りさせられ、手習いをはじめた。ある日、世之介が手本紙を差し出して言うのに、「はばかりながら文《ふみ》を書いていただきたい」。師匠は驚いたものの、言われるままに筆をとると「たいそうなれなれしいことではございますが、たえかねて申し上げます。およそわたくしの目つきでもお気づきとは存じますが、二、三日前、姨様が昼寝をされた時、あなたの糸巻をあるとも知らず踏み割りました。お腹の立ちそうなことを、少しも苦しうござらぬとお腹立ちのなかったのは、さだめし俺に忍んで言いたいことがござるか、ござるならば聞いてあげましょう」と長々つづいて、あきれてしまった。

絵の世之介が握っているのが、じつはこの時、師匠に代筆させた恋文。このあと世之介は下女の一人を言いくるめて、おさかに渡すのに成功する。もらったおさかは、心当たりがなく赤くなるばかり。姨が文をあらためたところ、まぎれもなく手習い師匠の筆跡。もちろん師匠は言い訳するが、口うるさい世間の噂になってしまった。

結局、世之介は姨に本心を打ち明けた。姨は、それまで子供だと思っていたが、その目で見れば見るほど早熟ぶりに気がついた。なにしろ好色一代男である。幼少時からこの調子なのだから、成長すれば父親の夢介をしのぐ放蕩児になるだろうと読者には予想される。

文机と世之介

おさか

洗い張りの下女

江戸時代は、幕府が官学として儒教の教えを体系化した朱子学を採用し、親には孝、主には忠、夫には従という儒教道徳が、町人の間にも広まろうとした時代である。そんな風潮を笑いとばすかのような型破りの町人像を西鶴は筆にした。世之介の前途には悲哀も待っているが、それはもののあわれを知るゆえなのだ。浮世の外の人が浮世に生きるゆえにたちあらわれるもののあわれは、時に滑稽味に反転する。ひねりが効いた主人公の生きざまがはじけて笑いを誘う。当時の読者にとって、『好色一代男』は道徳の外の世界から来た痛快な物語だったにちがいない。

世之介が下女を言いくるめる場面も、なかなかのものだ。洗い張りをしていた下女の一人が「この艶やかな染衣《そめぎぬ》は御寮人さまの普段着、こちらのなでしこの腰模様のあるくちなし色の着物の主はどなた」と尋ねたところ、もう一人の下女が「そちらは世之介様のお寝巻き」と応じた。一年限りの契約の下女が「それならここ山崎の水でなく、もといた京の水で洗えばいいものを」と口にしたので、耳にした世之介が「肌なれた着物を手にかけさせるのも、旅は世の情けというからに」と言ったところ、下女は返す言葉がなく「ご免くださいまし」と逃げ去ろうとした。その袖をひかえて「この手紙をおさかさんにそっと渡してくれないか」と、すかさず頼んだ。なんともこましゃくれた八歳児ではある。その後の成長ぶりは推して知るべし。十歳のときには早や翁《おきな》と称せられるほどに、その道に明るくなり、姿もあだっぽくなって、次々と浮名をながすようになる。

江戸時代版の光源氏となった世之介は、封建社会の道徳とは別の次元で生きている。『好色一代男』の新しさ、面白さに最初に気づいたのが色里の女性たちであったという逸話は、注目に値する。男の側から見た色恋ばかりを描いたように思われるかもしれないが、『好色一代男』の世界は男女の性別を越えて受け入れられる可能性がある。

＊2　滝本流の書……石清水八幡宮の別当だった滝本坊松花堂昭乗がはじめた書道の流派。

〔西鶴の言葉〕

（原文）　桜もちるに嘆き、月はかぎりありて入佐山《いるさやま》、ここに但馬の国かねほる里の辺《ほとり》に、浮世の事を外《ほか》になして、色道ふたつに寝ても覚めても夢介とかへ名よばれて、名古や三左《さんざ》、加賀の八などと、七つ紋のひしにくみして、身は酒にひたし、一条通、夜更けて戻り橋、ある時は若衆出立《わかしゅでたち》、姿をかへて墨染《すみぞめ》の長袖、またはたて髪かづら、化物が通るとは誠にこれぞかし。

（現代語訳）　桜は散って嘆きの種となり、月は限りあって山に入る。そんな無常の世であるのならと、但馬の国の生野銀山あたりの里から京の都に出奔し、世事はさておき、寝ても覚めても女色男色に打ち込んで、あだ名を夢介と呼ばれ、当時名高い遊蕩児の名古屋三左、加賀の八などと、おそろいの菱の七紋所をつけては徒党をくみ、身は酒びたりとなって、一条通を戻橋にかけて、あるときは歌舞伎若衆に扮し、あるときは墨染の長袖で僧形となり、さらには立髪鬘《たてがみかづら》をかぶって男伊達にもなった。これでは怪異が起こるという場所柄、「化物が通る」と噂されたのも当然だ。

『好色一代男』の巻頭「けした所が恋のはじまり」の書き出し。世之介の父となる夢介の生い立ちを語る部分である。

夢介が色道に打ち込むに至るのは、桜が散り月が沈む世のはかなさが、そもそもの理由であるという。西鶴の浮世草子第一作の冒頭は、多くの古典と同じく無常観で彩られている。枕詞のようにお定まりの文言として、書き出しに置かれたのではないだろう。『源氏物語』は無常観を基調に貴族的なもののあわれの美学を打ち出したが、『好色一代男』は無常観から町人のあっけらかんとした生活美学を生み出した。西鶴は古典的な無常観に新たな生命を吹き込んだともいえそうだ。

ただし、世之介的な登場人物は以後の西鶴作品には出てこない。浮世のありさまを直視する主人公が代わって、登場する。やがて女主人公たちものびのびと浮世の日々を語りだす。女の好色がテーマとして、あらわれるようになる（第三章第五～八話参照）。

第二話　大坂・京都・江戸の廓〈『諸艶大鑑』巻一の二〉

廓遊び、三都くらべ

駆け引きままならぬ新町

『諸艶大鑑』（副題『好色二代男』）は、『好色一代男』の評判に応えて、貞享元年（一六八四）に出版された西鶴の浮世草子第二作である。『好色一代男』の主人公、世之介の遺児が捨て子となって後に富豪にひろわれ成人し、世伝《よでん》と名乗って登場する。副題の『好色二代男』とは世伝のことで、作品の内容は題名のとおり、世伝が聞いた諸国の遊女の逸話集である。

巻一のはじめに、女護島《にょごがしま》の美面鳥《びめんちょう》が世伝の夢にあらわれ、色道の秘伝書を授ける。女護島は世之介が『好色一代男』で最後に渡る女だけが住む島、美面鳥は上半身が女、下半身が鳥の怪鳥。いかにも面妖な発端ではある。暉峻康隆（『現代語訳西鶴全集　第二巻』）によれば、『諸艶大鑑』はじつは古典『大鏡』を意識している。題名が似ているだけでなく、世伝という名は『大鏡』の語り手、世継《よつぎ》の翁のもじりだという。つけ加えるなら、『大鏡』は王朝時代の歴史文学で、つまり『好色一代男』が王朝物語の『源氏物語』を踏まえているのと同様、『諸艶大鑑（好色二代男）』は古典とつながっているのだ。ただし、つながっているとはいえ、浮世草子に流れているのは王朝時代の「雅」ではなく、江戸時代の「俗」の精神である。『好色一代男』よりも本作の方が、「俗」の醒めた目線がきわだつ。そのぶん当時の世間がよく見える。

次にご紹介する『諸艶大鑑』の「誓紙は意見の種《たね》」は、大坂・京都・江戸の遊廓くらべで話がはじまる。西鶴はいったいなんと記しているのだろう。

絵は遊廓の中を描いたもの。『諸艶大鑑』には、大坂・新町、京都・島原、江戸・吉原、伏見・撞木《しゅもく》町、堺・乳守《ちもり》、奈良・木辻《きつじ》、大津・柴屋《しばや》町、長崎・丸山の諸国八箇所の遊里が登場する。いずれも当時の有名な遊里である。この絵が載っている話「誓紙は意見の種」では、まず大坂・京都・江戸のそれぞれの遊廓のちがいが述べられる。

廓の勘定、遊びの心得

まず遊里での遊びは最初から太夫を相手にすべし、という。太夫とは遊女の最上の位だから、太夫と遊べば面白さの限りを知って、早く遊びをやめられる。その道の達人が教える知恵である。とはいえ、太夫と遊ぶには大枚の金銀がかかる。後述の京都・島原の太夫の例では、銀七十一匁（約十一万三千六百円）の揚代《あげだい》とあり、気軽に太夫を呼んで一夜を過ごすわけにはいかない。じっさいには、これに加えて遣手《やりて》*1、遊女屋の亭主・女将への心づけ、暮や新春、節句の祝儀、酒と料理の代金、幇間、三味線などの遊興費がかかり、さらには太夫に贈る着物の費用などを考えると、よほどの金持ちでないと太夫の客にはめったになれない。

遊女の位は太夫の下に天神、鹿恋《かこい》、端女郎《はしじょろう》とあって、値段は順次下がっていく。『好色一代女』（第三章第七、八話参照）には、銀五百貫目（約八億円）以上の金回りの客は太夫、二百貫目（約三億二千万円）までの客は天神、五十貫目（約八千万円）までの客は鹿恋を相手にしてよいと記してある。天神の値は三十匁（約四万八千円）、鹿恋は十八匁（約二万八千八百円）。最下層の端女郎は、値が三匁（約四千八百円）取りなら商家の手代、武家の中小姓あたりがふさわしく、まだその下に二匁（約三千二百円）、一匁（約千六百円）、五分（約八百円）の遊女がいる。宮本又次（『京阪と江戸』）によると、元禄時代の大坂・新町には、太夫三十八人、天神九十一人、鹿恋五十二人、端女郎六百二十余人がいた。

『諸艶大鑑』は、三都の遊廓のいずれにおいても、初回の捨て枕という慣習があると説く。太夫を初めて呼んだその日は、床入りがないというのである。ただ、同じ慣習でも島原、吉原、新町

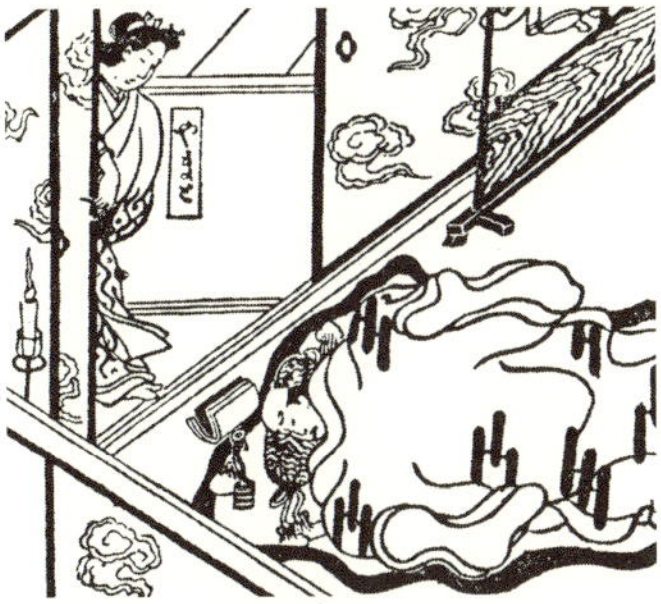

太夫の大和と眠る客

太夫の越前と引船

ではあらわれ方が異なる。

京の島原の太夫は、初めから帯を解き、やさしい言葉をかけ、ものやわらかに見えて芯が強く、客の方がのまれてしまう。そのうえで近衛殿の糸桜の話[2]や中院殿の歌話[3]など、都風の雅な話題で夜を明かし、客は宝の床に入りながら、銀七十一匁の揚代をみすみす損して帰ることになる。

江戸の吉原では、もともと夜具も出さないので、客もかえって思い切りがつき、後生大事と褌《ふんどし》をしめ、秘仏の金色堂に参拝するように、ただありがたいと思うばかりで、その肌を拝むこともない。

絵の場面は、島原だろうか吉原だろうか。いつしか客は何事もないまま寝入ってしまい、太夫はそっと座敷から出て行く。「大和《やまと》」とあるのは、太夫の名前である。

大坂の新町は、駆け引きのままならない所だという。諸国からさまざまな客が来るので、太夫も嫌な客とみれば酒の座敷からあしらいがちがう。床入り前の身支度で他の遊女たちが座敷を引きあげるのもかまわず、何かとひまをかけたりもする。揚屋の台所で太夫が衣装を着替える時、客を振ろうとしている太夫は、肌着も替えず、香木《きゃら》をたきしめるのも袖口のあたりだけで、上着はきれいなものを羽織っておく。賢い禿《かむろ》[4]なら、これを見て合点し、座敷では太夫につきまとい、寝床は他の客が居る部屋の近くにとらせ、枕元からも離れない。明かりをかかげ、煙管を吸いつけ煙を輪にしたり、鼻から吐き出したり、さんざん悪ふざけしたあと吸い口をぬぐって「まいりませ」と差し出したりもする。さらには何事もないのに太夫に耳打ちをするなど、時をかせぐ。そうして客が口説けぬうちに、「お迎えが参りました」の声がかかって、ますますあせり、ついには一番太鼓[5]が鳴り響いて、「お客立たじゃりませい」と触れ声がせわしく聞こえて、起きださなければならない。

絵の左では、太夫が打掛けを選んでいる。新町遊廓の場面だろう。座っている方の遊女はおつきの引船《ひきふね》か。引船は太夫につき従って、諸用を足す役目の遊女。今夜の客は振られるのだろうか。

太夫の名前は「越前《えちぜん》」とある。

＊1　遣手……遊女の監督役の女性。多くは元遊女で、年輩者がなった。遣手の婆とも呼ばれる。

＊2　近衛殿の糸桜の話……京都上立売新町西五辻北にあった近衛殿の別邸に有名な糸桜があった。

＊3　中院殿の歌話……中院殿は冷泉家歌道伝授の家。当時は中院通茂の代。

＊4　禿……太夫・天神の身のまわりの世話をする少女。遊女の見習いでもある。

＊5　一番太鼓……泊まらない客の退出時刻を知らせる太鼓。新町遊廓で午後十時頃に打った。

前代未聞の誓紙

絵で描かれているのは、どんな場面なのか。「衣笠《きぬがさ》」と太夫の名が記されている。客に抱きつかれているが、せいては事を仕損じる。この客は、ていよく振られる結果にあいなるだろう。太夫の視線があさっての方を向いている。階段を上がっていく遊女の後姿が見える。客を帰して、さっさと休みに行くところのようだ。

もっとも、意に染まぬ客を振ったりできるのは、位の高い遊女の特権ともいえる。位が下がるほど自由はなくなる。太夫といえども金で買われる身の上には変わりがないが、どこかで客との立場が逆転する時がある。そこに駆け引きが生まれる。駆け引きにしばしば用いられたのが誓紙である。遊女と客が、お互いに愛情の変わらぬことを誓う文面をとりかわす。起請文ともいう。

遊女は客の心を引き止めて自分のもとに通わせるために誓紙をつかう。いい頃合に「わたしは誓紙を書きますが、あなたはどうなさいます」と遊女に言われて、分別がはたらくような男はなかなかいない。嬉しさあまって、つい固めの誓紙をとりかわすという。これでもつのは一年くらい。いくら誓紙に神々の名が連ねられていようと、遊女はもともと一人の客を特別扱いにはし難い勤め。遊女は七十五枚までは誓紙を書いてよいというのが、遊廓の習わしなのである。客の方も遊女にあることないこと無理やり誓紙を書かせ、通わなくなってから世間にさらして恥をかかせたり、酷い者がいる。

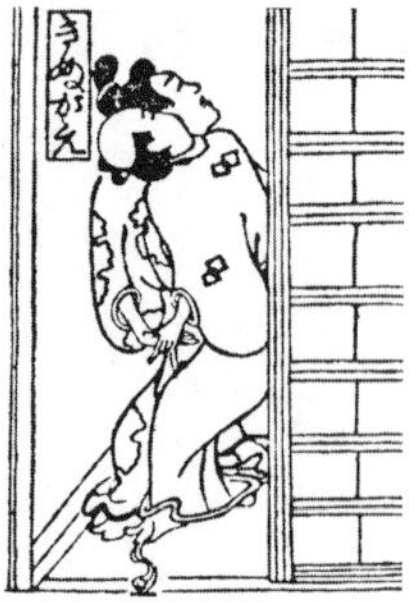

太夫の衣笠

階段を上がる遊女

さて、ここからが本題。新家《あたらしや》にいた小太夫と名乗る太夫の話だ。平野橋の源《みなもと》という男が二年あまりも揚詰《あげづ》めにした。遊女を独占して他の客をとらせないようにするのを揚詰めというのだが、二年となると半端な財力ではつづかない。惚れ込みようも尋常ではない。それでいて男は小太夫にこれといった見返りを求めなかったのだが、ある時「俺を思っているとの誓紙を書け」と言った。小太夫は当然書くべきところを「それはいらぬことでござります。御心のまま千枚書いてもかまいませぬが、あなた様を微塵もおいとしう存じませぬのに、その通りに書きましてもみな偽り、それでも苦しうござりませぬか」と返した。小太夫なればこそ、とても言えないことをきっぱりと言いきった。あっぱれ、前代未聞の太夫である。

対して男も腹を立てるどころか、「それでは、惚れぬという誓紙を書け」と言う。「それはまことでござりますゆえ」と小太夫も今度は素直に従う。「かたじけない」と男は押しいただいた。その後も男は半年ほど通いつづけ、ふっつりと遊びをやめた。別れの時には、小太夫と名残の酒をくみかわし、身請けができるほどの金を渡し、まわりの者にも祝儀をやった。小太夫の方も男の定紋をつけた着物を十襲《かさね》贈り、水揚げ*6の日から今日までの事柄をつづった大巻物を形見として渡した。

男は晩年、子供や手代を意見するのに、小太夫の誓紙を持ち出して言った。

「廓狂いもほどほどということを知れ。惚れませぬという誓紙など世にまれだが、それでも見捨てられずに通いつめた。ましてお前たち、当節の抜け目ない遊女がたとえ指先を切った血で神に誓文を書いても、硯の水にあとで文字が消えるように酒塩《さかしお》*7を混ぜたり、神罰を逃れる細工をしているものだ。それをもらって嬉しがるとは、情けない。十月二十日は誓文払いで恵比寿様を祀り、商人が客をだました罪滅ぼしをする日だ。商人は商いを大事にして、遊女に執着してはならぬ」

遊女も客をだますが商人もだます。だますのは罪だが、だまされたのを知らず嬉しがるのは愚かである。この男はだまされずして、なお小太夫に半年通った。惚れませぬという誓紙を晩年になっても大事に持ちつづけた男の説教が、どれほど効果があったかはわからない。しかし、平野橋の源が『諸艶大鑑』に登場する客の中できわだった印象を残すのは確かだ。そして、源よりもさらに印象深いのが、惚れませぬと言いきった遊女、小太夫である。

＊6　水揚げ……遊女がその客と初めて接すること。

＊7　酒塩……煮物料理などの調味用の酒。誓紙に調味（細工）をほどこしたのを示す。

〔西鶴の言葉〕

（原文）　競《くら》べ物なき富士の雪も、これはと詠《なが》めたばかりなり、吉野の花も夜までは見られず。姨《おば》捨《すて》山の月も世間にかわつて、毛がはへてもなし。これを思ふに、人間遊山のうはもりは、色里に増す事なし。

（現代語訳）　比べるものもない富士の雪も、これはこれは、と遠くから眺めるだけのもの。吉野の桜も夜までは見られない。姥捨山の月も世間で見る月とちがって毛が生えているか、というとそうでない。考えてみれば、人間の最上の遊興は色里にまさるものはない。

花鳥風月を愛でた和歌的な伝統の美学は、そのまま江戸時代の町人たちに受け継がれるものではなかった。雅の世界を換骨奪胎した俗の世界が、西鶴の真骨頂。富士の雪はただ眺めるだけ、桜は夜に見られない、毛の生えた月はない、などと素っ気なく連ねた裏に、エロティックなイメージがちらちらと見えかくれする。そこから人間最上の遊びは色の道という結論は自然な流れである。この一節の響きは、『諸艶大鑑』の全編から聞こえるのだが、読みすすむうちにやがて無常の音色が混じる。西鶴の真意が、どちらにあるのかを問うのは野暮。意図が先ではなく、見たものが常に先にあるのが、西鶴という作者であろう。

第三話　新町遊廓に津波〈『諸艶大鑑』巻二の二〉

大水にも遊びはやまぬ

遊女の一分とは

淀川、木津川、安治川など多くの河川を抱え、市中に四通八達した水路網が走る水の都、大坂はかつて洪水に何度も悩まされた。『諸艶大鑑』の「津波は一度の濡れ」は寛文十年（一六七〇）八月二十三日、じっさいに起きた津波の水害を背景にした話である。

いかなる風の吹きまわしか、須磨の方から高波がうちかさなり、安治川口の澪標《みおつくし》も見えなくなり、市中に入った潮は新町遊廓の越後町、熊野屋の門までおしよせ、あたり一面が音無川となってしまった。音無川は熊野本宮付近の川の名で、熊野屋からの連想である。遊廓は水浸しとなったが、あくる日は少し水が引いて干潟ができ、藻屑の下に小さい貝が見えて海辺のようになったのが珍しく、遊女たちは大はしゃぎ。富士屋の太夫、吾妻《あづま》をはじめ皆が裾をからげ、褄《つま》が濡れるのもかまわず、手ずから貝を拾った。飯事《ままごと》をした昔のようにお弾《はじ》きをして遊んだりもした。

水がまだ引かないところへは、小舟で乗り出す。太夫がいる揚屋へ、小舟で漕ぎ着けるのはいつもとちがう風情である。

遊廓は、洪水で浸水しても休みがない。遊女は水に流れる漂流物など眺めながら客を待ち、船で来た客は「水の見舞いに来た」などと声をかける。こんな時くらい遊びを慎めばどうかとも思われるが、こんな時だからこそ遊ぶのだという理屈なのかもしれない。

そんな中で、浜につなぎ捨てられた船にわけありげな男女の姿があった、と話はつながる。そして、遊廓での遊びと色事にまつわる思わぬ裏話がつづられる。

住吉屋

絵は新町遊廓の九軒《くけん》町にあった揚屋《あげや》、住吉屋の門口の風景である。

傘、算盤、帳面、笊

尽きない遊びの種

寛文十年（一六七〇）八月二十三日の夜、大坂市中は寝耳に水の津波に見舞われ、新町の遊廓も水浸しになった。洪水でさまざまなものが流されている。傘、算盤《そろばん》、笊《ざる》、帳面……。その中に鏡台がひとつあり、たぐり寄せて引き出しをあけると、玉虫*1を入れた白粉《おしろい》箱、お盆前の勘定書といっしょに「お八《はち》が臍《へそ》の緒、子年の十二月二十六日の朝飯時に」と記して、包んだ臍の緒が入っていた。お八という名の娘は年の瀬に生まれたのだ、なんとあわただしいと大笑い。

絵（次頁）のとおり客も遊女も船で往来するありさま。遊女が提灯をかざしているので、まだ夜は明けていない。

船では遊女が三味線を弾いている。「ふけゆく月の影を水に映して眺めることなど、またいつの世にあろうか」とさわぐ者がいて、四つ竹*2で拍子を打つ者もあらわれ、「唐人の恋するは、きっくりきっちゃ」とたわいもない流行り唄がうたわれる。

とても洪水の直後とは思えない浮かれぶりである。遊廓はつねひごろから非日常の世界。洪水という非日常もここでは座興のひとつに見えてしまうということか。

絵（次々頁）左側の船から遊女が一人、縁に上がろうとしている。客が手をとって助けている。新町では太夫、天神の位の遊女は置屋《おきや》にいて、揚屋で待っている客のもとへ出向く。おそらく先に上がった遊女がお付きの引船で、船中に居るのが太夫だろう。この頃はまだ太夫のいでたちもそれほど派手ではない。時代劇などに出てくる豪華な衣装と高下駄で練り歩くショー化した太夫道中が行われるようになるのは、のちの話だ。

勝手口では、裾をたくしあげた女がいる。頭に頭巾をしているのは揚屋の嬶《かか》の印である。嬶は仕切り役の女性。杖をついた座頭の男が、水の中に出て行こうとしている。洪水にかこつけて座頭の按摩で骨休みし、帰すところだろうか。足元が心もとない座頭は不安げである。

鏡台

三味線の船

もともと新町の遊廓は浜と呼ばれる場所にできた。船場から見れば、新町橋を渡り、町の西のはずれの垣と溝で囲われた別天地である。それで汐見灯籠といって石の常夜灯が建てられ、客をまねく目印となった。京都・島原や江戸・吉原にはない名物だったが、のちに小さな木造の灯りに変わり、かたちだけになった。汐見という命名からして、海の近さを連想させる。洪水で浸水するのも不思議でない立地ではあった。

その日も暮れ方になれば揚屋の門々《かどかど》に篝火《かがりび》を焚いて、さながら塩を焼く海士《あま》の家のような景色であった。新町一帯の揚屋が、塩を焼いて暮らす浜辺の人々の家々に見えたともいう。

＊1　玉虫……腐敗をおさえる効果があるとされた。媚薬でもあった。

＊2　四つ竹……竹の小片二つを左右の手に持って、カスタネットのように打ち鳴らす楽器の一種。

遊女という矛盾

この話はその後、遊廓の若い衆が九軒町の揚屋、川口屋の格子に船を寄せ、酒盛りをはじめるあたりから急展開する。薄暗がりに怪しげな船が一艘つながれていて、見れば、黒い小袖をかぶった寝姿がふたつ。その一方の男が起き上がり、「恋は互いのことゆえ、お見逃しを」という。言うとおりにしてやろうと船をさしもどしたところへ、「太夫様が見えぬ」と慌てふためく揚屋の男の船が来た。

結局、寝姿は香具山という太夫とその隠し男であったと判明したのだが、その後の太夫の振舞いはいかにも堂々としていた。最後に見せた笑みとやさしい所作は、追っ手の男もとろけてしまう。さすが皆が恋焦がれる太夫である。

さて、香具山太夫が揚屋に勤めに戻ろうとした時、禿が隠し男からの手紙と浅黄縮緬の袱紗包みを手渡した。開けると、切ったばかりのぬくもり冷めぬ小指。手紙には「先ほどのお情忘れもやらず。かくこころざしを知らせまいらす。なお行く末とても変わらせ給うな」と真情がつづってある。心中立て[*3]のために男は自らの小指を送ったのである。

太夫の船

座頭

この時、太夫はどうしたか。表に走り出て、男を呼びとめて言うのに「このもの知らず。幾年恋い慕うても逢うことかなわぬ身ゆえ夢ばかりのお情とおっしゃるので、見捨てるのもしのびず、無理を通して枕をかわしたのです。逢うた日が最後の日と思い切るよう申し上げましたら、これでもう浮世に何も望まぬと言われたばかりではありませんか。それなのになんと浅ましい仕打ちでしょう」と。さらには、男の小指を流れる水に投げ捨ててしまった。

太夫とは、金銀のない男でもひたむきに思いを寄せられれば、情をかけるもの。人の情に通じてこそ太夫の鑑なのだが、その心意気に乗じて過分な果報を求めるのは許されない。男の心中立ては無に帰した。香具山の情けは仇になった。

香具山は座敷に出て、客を待たせた詫びをいれ、わけを話した。そのうえで「遊女の勤めを欠いて男に迷うようなことはありませぬ。とはいえ万事ひかえめでは遊女の一分が立たず、過ぎては身を捨てることにもなりかねず、よい加減というものはどこにあるのでしょう」と身を投げ出して問いかけた。客の大尽をはじめ、一座の者はすっかり感じ入った。

香具山が真摯に太夫のあり方を問う姿にみなが感動を覚えたわけだが、この問いは遊女というものがもともと抱えていた矛盾を明るみに出す結果となった。良い太夫でありたいと願う香具山の純粋さが、思わぬ波紋を呼んだのである。

＊3　心中立て……恋い慕う心の誠を示すこと。しばしば証拠として、切った小指などを渡した。

言わない方がいいこと

座に居合わせた一人が、太夫の小指がないのを見て、そうなったのは廓の親方と相談のうえのことかと問うた。

太夫は「人に相談して、我が身の痛さがやむわけではありません」と、さらり受け流したが、その者がまたしつこく訊いてくるので、あきれてだまりこんでしまった。

同じ座に鹿恋の遊女がいて、助け船を出して言った。「たしかに遊女は勝手に指を切ってはならぬもの。それでも良い客が離れていこうとする時、誓紙は何度もすでに書き、爪も前にはがしているので、今度は指を切らねばなりません。いきさつを親方に打ち明けますと、姉女郎もいっしょになって、指を切らしたあげく見捨てるような男かどうか吟味し、これまでの勤め帳を引き合わせたり、他の遊女との行き来を調べるなどして、いよいよ間違いのない客だとわかれば、それでやっと切ることになるのです」

最初の一人の野暮な問いに太夫が返事をしなかったのは賢明だったが、しらけかけた座に鹿恋の発言がまた思わぬ波紋を呼んだ。

「さもありなん。となれば指をもらっても嬉しくはない。それほど多くの者に仔細を知られて、何が面白かろう。分別がはたらくなら、遊女とは深い仲にならぬことだ」

と一人が言うと、また別の一人が言う。

「それなら遊廓にははじめから来ないほうがましだ。うちの女房に嫁入り小袖を着せ、腰によろずの鍵を下げさせず、米や薪《たきぎ》のことなども言わせず、銭とはなんのことじゃと愚かな顔をさせ、煙草をのむ時小指をそらせ、酒のこぼし方と空寝入りも覚えさせ、無心の手紙は長く、泣きたい時は涙を流し、新手の嘘をつかせたら、遊女と変わることはない」

そうして皆笑いながら座を立ったという。つまり、鹿恋の発言はまともすぎた。本当にそうだからといって、うすうす誰もが思っていたからといって、言わない方がいいこともある。もし口から出れば、現実があらわになって見えすぎる。つられて皆が、みもふたもないことを口にする。遊女とは仲良くなるな。そもそも遊廓に来るのが間違い、女房も遊女のしぐさを覚えれば家に遊女が居るのと変わりない。これでは『諸艶大鑑』もここで終わってしまう。

もっとも、心配はいらない。誰も本気で遊びをやめる気はない。太夫の沈黙が遊廓の虚実を飲み込んで、すべては洪水の夜の戯言で終わってしまう。次の〔西鶴の言葉〕にあるとおりだ。鹿恋の遊女がもらした遊廓事情も聞かなかった話になるのかもしれない。遊廓とはほんに夢の国。大水にも遊びのやまぬ別世界である。

〔西鶴の言葉〕

（原文）　あゝまぼろしの世界。かた時もここをわすれな。今にもしれぬは命。きのふの水を末期《まつご》に、了渓《りょうけい》和尚も夢なれや。

（現代語訳）　ああ、この世はまぼろし。片時もこの色里のことを忘れてはならぬ。この瞬間にもどうなるかわからぬ命。昨日の洪水を末期の水にして亡くなられた龍渓《りゅうけい》和尚の話も、夢の世だからこそである。

話の結びの言葉である。龍渓和尚（了渓和尚とも）は黄檗山万福寺建立で隠元を補佐した禅僧。寛文十年八月二十三日、大坂九条島の禅院に滞留中、津波で溺死した。堂上で鉄座合掌しつつ水中に没したという。こんな名僧でも、亡くなるときははかないもの。この世は夢まぼろし、明日の命はわからぬのだから、どんな時でも色里を忘れるな。といっても、色里そのものが夢の世界なのだから、この理屈は夢から醒めてまた夢の中にいるような際限のない迷路へ人を誘い込む。

ただ、西鶴にはことさら読者を煙にまこうという気はなかっただろう。矢数俳諧さながらの筆の勢いが、しばしばこうした玄妙な言い回しを生む。あまり意味を深追いしてはならない。何が言いたいのかにとらわれると、西鶴の浮世草子は楽しめない。生き生きとして奔放な、言葉がくるくる回転していく書きざまをそのまま味わうのがいい。その味の中に、かつての色里の夢も生きている。

第四話　道頓堀の茶屋〈『西鶴置土産』巻五の一〉

色の道にふたつあり

野郎の売り文句

元禄六年（一六九三）八月十日、井原西鶴、数え年五十二歳で没。その冬、最初の遺稿として刊行された『西鶴置土産』は、処女作『好色一代男』で追求された粋の世界の行き着く果てを描いている。好色で身をもちくずした人々が、それでもなお心のままに生きていく。世間の目にはなれの果てと見えるが、主人公たちの生きざまを、西鶴は否定も肯定もしていない。ただ淡々と語るのみである。

　それなのに、いや、だからこそ『西鶴置土産』は胸を打つ。時に生々しく時に飄々と朽ちていく人々のありさまが、ある種の境地を感じさせる。『西鶴置土産』を西鶴の数ある浮世草子の中の最高傑作と評する声が少なくないのもうなずける。ちなみに題名は、弟子の北条団水が遺稿をまとめた際につけたもの。人生の置土産とは、言いえて妙である。

　ここでとりあげる「女郎がよいという野郎がよいという」は、道頓堀の茶屋を舞台にした話からはじまる。黄檗宗の高名な禅僧、鉄眼《てつげん》が寛文十年（一六七〇）に建てた瑞龍寺（通称鉄眼寺）が、茶屋から見えた。中国風の見事な建物を前に、ある大尽が言った。「あれを建てるのにかかった金があれば、道頓堀と新町で遊んで騒げるのに、無用の仏法がよく栄えたものだ」と。

　このあと、茶屋では野郎遊びがはじまる。野郎とは若衆、陰間など男色を売り物にする男性の意。この時代、女郎遊びに劣らず野郎遊びが盛んだった。色の道にはふたつあったという話である。

道頓堀の野郎遊び

絵は、ある茶屋の座敷。遊び仲間の四人の大尽たちが描かれている。格子柄の着物の大尽が片膝を立てているのは、この時代のふつうの座り方。うしろの大尽はあぐら座り。他の大尽も、思い思いの格好でくつろいでいる。着物にはそれぞれの定紋がついている。定紋は家々で定まった紋所。定紋付きの着物は、どこそこの大尽であるとの証明である。その前に酒の燗をする燗鍋、盃を乗せた渡蓋《とさん》があるが、飲むのに飽いたのか、無造作にばらばらと置かれている。

絵（次々頁）の華やかな振袖姿で十一人の若い男たちは陰間。かたわらで指さしているのが、茶屋の亭主である。うしろで座っている二人の男は太鼓持ち。太鼓持ちと陰間は正座のような座り方をしている。大尽たちとは座り方もちがう。

亭主をのぞいて全員が脇差を身につけている。大尽は大尽らしい振る舞いのために、とりまきの太鼓持ちは格好づけのために、陰間たちは振袖に脇差という異様さで際立つために。陰間のさしている脇差は小ぶりである。

絵の場面に至るまでのいきさつはこうだ。この茶屋は道頓堀にある。歌舞伎、浄瑠璃、からくり人形など、ずらりと並ぶ芝居小屋の賑わいは目の前という土地柄である。茶屋で酒を飲みながら、夜に新町の遊廓へくりだすまでの時をつぶそうとしていた大尽だったが、気まぐれに歌舞伎の若衆を呼んで遊びたいと言い出した。茶屋の亭主は「今日のところは私の物好きにおまかせください」とこたえる。役者ではなく、京都からの旅かせぎの陰間を七八人も呼んで踊らせ、あとで蕎麦を食べ、行水をつかって、夕方から新町へ出向くのがよいでしょうという。

すると太鼓持ちが、女郎なら揚屋に呼んで選べるのに、その陰間たちは下見できないのは残念だなどと言うので、亭主は奥の間の納戸の戸口に皆を案内した。戸口には今宮戎の十日戎のお札、眼病の妙薬のビラ、柱暦、道頓堀の歌舞伎若衆の品評が張ってあり、最後に陰間の紹介ビラがあった。さて、その内容は……。

片膝の大尽、あぐらの大尽

太鼓持ち

くつろぐ二人の大尽

水で文字書く琴之丞

そのビラ、十一人の陰間それぞれの売り文句が記してあり、なかなかに面白い。順に紹介する。

一、花山藤之介。年十四歳、色白にして目つきよく、嘉太夫節《かだゆうぶし》*1を語ります。

一、岩滝猪三郎《いさぶろう》。年十六歳、踊り上手で、投節うたいます。姿かたちは女そのまま、やわらかに生まれついています。

一、夢川大六《だいろく》。年十五歳、酒の飲みっぷりよし、何人様でもお相手可。即興の唄に合わせての三味線も巧み。陰間のうちでは着こなし上手。

一、松風琴之丞《ことのじょう》。年十七歳、影絵人形*2が得意。口から水を吹き出し、壁に文字が書けます。手品の腕はかの塩の長次郎*3にもまさります。

一、深草勘九郎《かんくろう》。年十七歳、物言いが有名な若衆の鈴木平八《へいはち》*4に生き写し。特に芸はなけれど、床に入ると達者です。

一、雪山松之介。年十九歳、元服ずみにて、座につけば本舞台に立つ役者と見まごうばかりに映えます。

本文には、この六人までが紹介されている。ビラを前にして大尽と太鼓持ちが品評をはじめ、まず一人が「みんな同じ値段なら松之介が取り得だ」と言い、別の一人が「ビラに十九歳とあるなら、三十九歳か四十歳だ。陰間が年を隠す時は十は隠すもの。京都の陰間が大坂に来るのは、生まれ年を知られていないからだ。こんな連中を相手にどれがいいなどと言ってもはじまらぬ」と言って、結局十一人全員を呼ぶことに。

何でも集めてみれば一興で、野に咲く菜種にも似てさっぱりしてわるくない。これで揚代《あげだい》二両三分（約二十七万五千円）ですむとは安いものだと、大尽たちは納得した。ところが、そのうち「安物買いは銭失い、これではやっぱり面白くない」と、陰間たちが踊っている最中に席を立って、新町に行こうということになった。大尽とはいえ傍若無人だが、あとにはこういう所業にふさわしい結末が待っている。

＊1　嘉太夫節……宇治嘉太夫がはじめた浄瑠璃節の一流派。天和・貞享（一六八一〜一六八八）の頃から京都で盛んとなる。

＊2　影絵人形……手や切り抜いた紙で、人や物の形を映しだして楽しませる芸。

＊3　塩の長次郎……牛や馬を飲む術で有名になった幻術師。貞享・元禄（一六八四〜一七〇四）の頃、大坂で活躍。

＊4　鈴木平八……天和・貞享の頃の美形の若衆。武道・愁嘆事の芝居が得意で人気を博した。

こんな客が落ちぶれる

新町に九人の太鼓持ちを引き連れて乗り込んだのは、阿波の国の捨舟《すてふね》という大尽。道頓堀の茶屋で陰間遊びをした大尽その人である。なじみの太夫から定紋つきの提灯を揃えてのお迎えが来て先導し、揚屋からもひっきりなしに使いが寄越され、たいへんな歓迎をうける。大尽は故郷では金のつかい道がなく、一年に三度、金を捨てるために大坂にやって来るのだという。この時もお共の者が、遊女たちに一分金《いちぶきん》二百（約五百万円）、揚屋の女房に金十両（約百万円）、下男と下女にも祝儀をばらまいた。そのうえで太鼓持ちたちが偉そうに「今の世に大尽とはこのお方」ともちあげるので、みんな金をもらいながらも、ありがたがる者はいない。それどころか、なじみになる前の太夫への桃の節句の祝儀にさりげなく金百両（約一千万円）を贈った、ある大尽とひきくらべて、女中たちまでがせせら笑う。

遊廓での遊びは金をつかうようにできている。同じつかうにしても、つかい方が問題だ。この大尽のように散財しても評判が悪いのは、やり方が悪いのだ。太鼓持ちたちもそのように考えて、大尽に見切りをつけたという。遊里の者たちの人を見る目はたしかである。捨舟の大尽はそれから三年も経たぬうちに国もとで失敗し、無一文になった。どういうわけか、大坂に舞い戻り、新町遊廓の裏にあたる借家に身をひそめた。借家の窓から、大尽だった頃には鼻にもひっかけなか

陰間たち

茶屋の亭主

った鹿恋の遊女の姿が見える。わずか二十匁（約三万二千円）にも満たない揚代の遊女と客が、揚屋の座敷で楽しそうに過ごしているのを見ると、心底うらやましくて仕方がない。数十両の祝儀をまき散らして太夫と遊ぶのも、二十匁で鹿恋と遊ぶのも色里の楽しみに変わりはないのだ。

捨舟はやがて、綱渡りの人形をこしらえて、売って食いつなぐようになった。そのうちに遊廓から聞こえる小唄、三味線がうるさく聞こえるようになり、遊廓で遊んだこともしだいに忘れ、不自由な暮らしのうちに三年あまりで亡くなった。享年三十七歳。経帷子《きょうかたびら》も着せてもらえず、道頓堀の焼き場でほかの死人といっしょくたに火葬された。

〔西鶴の言葉〕

（原文）　ひん程人の心をかゆる物はなし。

（現代語訳）　貧乏ほど人の心を変えてしまうものはない。

貧乏は人の心も貧しくすると、とられそうな言葉だが、ここで言われている意味はそれほど単純ではない。落ちぶれた捨舟が大尽遊びのはかなさを知り、鹿恋で満足していれば三代でも金が続いただろうに、気づいた時には遅いのだと悟って、それで遊廓の三味線の音色が嫌になったというのだ。後悔はしたかもしれないが、色里への思いは断ち切れていない。切れていないのに遊廓の音色が聞こえるから、ああ嫌だと言っている。心が貧しくなったといってすますには、複雑な機微がはたらいている。この男のために石塔を建てたのは、まんという遊女であったという。色里になじんだ者は死んでも色里と縁が切れぬとの証しでもあるだろうか。

「人はばけもの」西鶴の怪談

『西鶴諸国ばなし』巻二の一

西鶴は旅が好きで諸国を訪ね歩いて見聞を広めたといわれる。『好色一代男』『諸艶大鑑（好色二代男）』につづく浮世草子第三作が、『西鶴諸国ばなし』だった。作者の得意な題材を次々ぶつけたわけである。

「世間の広き事、国々を見めぐりて、はなしの種をもとめぬ」ではじまり諸国の珍しい物の名をずらりと並べ、「これをおもふに、人はばけもの、世にない物はなし」で終わる序文が面白い。五巻五冊に散りばめられた三十五話の奇談はいずれも根のところで、人間というものの不可思議さに触れている。

絵は巻二の一「姿の飛び乗物」より。今の大阪府池田市の東、呉服《くれは》という土地に、呉服《ごふく》伝来にまつわる由来を持つ衣掛《きぬかけ》け松の木があった。木の下に真新しい女《おんな》乗物《のりもの》があるのを見つけ、町の人々が集まって、戸を開けると若く美しい女が乗っていて、口もきかない、降りようともしない。夜になって悪い男たちが女を手籠めにしようとしたが、女の身体から蛇が生えて男たちに食いついた。

その後も女乗物は各所に姿をあらわし、大坂から兵庫、京都にかけての街道は夜になると人通りが絶えてしまった。慶安年中（一六四八～一六五二）まで出没はつづいたが、いつしか姿を見なくなり、あとに火の玉が飛んでいたという。女の正体はついに明かされないまま、話は終わる。世間にはわけのわからない話の方が多いのだ。

太宰治に「新釈諸国噺《ばなし》」という短編集がある。『西鶴諸国ばなし』を彷彿させる諸国の奇談集のスタイルで西鶴の諸作品を小説に翻案したもの。はしがきで太宰は「西鶴は、世界で一ばん偉い作家である。メリメ、モオパッサンの諸秀才も遠く及ばぬ」と述べている。

池田、飛び駕籠の女妖怪

第五話　伊勢へ抜け参り〈『好色五人女』巻二の四〉

女の好色のはじまるところ

天満のおせんを変えたもの

『好色五人女』は西鶴初の女性を主人公にして書いた浮世草子である。お夏（室津）・おせん（大坂）・おさん（京都）・お七（江戸）・おまん（薩摩）の五人女の色恋を描いている。江戸時代も安定期に入り、身分社会の基盤もかたまって、女性は親・夫・子に従って生きよという道徳観が息苦しくのしかかりつつあった。そんな時代に、五人女はそれぞれの色恋を生きた。いずれも世間の枠にはおさまらず、悲劇と葛藤をもたらしたが、そこに西鶴は共感を見出し、筆にしたのである。

西鶴の作品で描かれたのは、それまで遊廓の女性ばかり。金でしばられた身でありながら、彼女たちは生き生きとして、しばしば男たちを存在感で圧倒した。『好色五人女』の女たちはいわゆる素人。色あっての恋ではなく、恋あっての色というところがそれまでの西鶴が描いた女たちとちがうといえばちがう。ここでとりあげる大坂天満のおせんは、五人女の中でも異彩を放つ。他の四人の女たちはおのずから堕ちるべくして恋に堕ちていくのだが、おせんはそうではない。商家に腰元奉公していたおせんは賢いうえに美人だったが、好色話の主人公にもかかわらず、色恋の道にはうとかった。寄ってくる男は多くても、とんと相手にせず、いたずらに袖を引いただけで遠慮なく大声をたてるので、そのうち誰も声すらかけなくなった。美しいが縁遠い、おせんのような女は今も昔もいる。

ところが世の中わからぬもので、おせんものちに恋に堕ち、人妻となり、最後に思いもよらぬ色事で悲劇を呼び寄せる。おせんの運命を大きく転換させたものがある。どんな力が、おせんをそうさせたのか。西鶴の目には何が、映っていたのだろう。

仕

付き添う嬶　三宝荒神の道中

抜け参りは恋の方便

絵は『好色五人女』より「京の水もらさぬ仲忍びてあい釘」。見開き絵の右側は、おせんの抜け参りの道中場面。親や雇い主の許可を得ずに家あるいは店を抜け出て、伊勢神宮に参拝するのを抜け参りという。帰ってからも罰せられないのが習わしで、江戸時代にしばしば流行した。絵はおせんに連れが多く、なにやらわけありのようす。

馬の真ん中で揺られているのが、おせんである。鞍には左右にも座があり、それぞれ男が乗っている。三宝荒神《さんぼうこうじん》と呼ばれる三人乗りで、江戸時代の旅ではよく見られる風景だ。三宝荒神とは仏法僧の三宝を守護する三つの顔を持つ神との連想からついた呼び名である。馬子が振り返って見ている。うしろから付いて来るのは、この話の発端をつくった嬶《かか》と呼ばれる老婆である。

おせんは美しく、身の堅い女だった。樽屋という男が見初めたが、どうにもならない。嬶と呼ばれる老婆がいたずら心から、樽屋に仲をとりもつ役をかって出た。嬶は巧みに芝居をうち、おせんの奉公する店の主人にとりいって、おせんに恋焦がれる男の生霊を見たと告げる。巫女のようなあやしい嬶である。嬶の作り話は巧みで、とうとう、おせんの眠っていた恋心に火がともる。おせんは嬶から樽屋の本心を聞きだし、身内を火照らす。さっそく嬶は抜け参りをそそのかし、途中で樽屋とおちあう段取りをつける。何を思ってか、嬶は自分も旅についていくと言い、おせんを当惑させる。嬶について、くわしくは第三章第六話でふれる。

嬶とおせんは出発するとすぐ久七という見知りの男に出会う。抜け参りと聞いて久七は、あろうことか同行すると言い出す。久七もおせんに下心があったのである。まもなくあらわれた樽屋を加えて、おせんと男二人、嬶の四人の道中がはじまる。

そうして絵の場面とあいなったしだい。前夜は男二人がお互いに恋の邪魔をしあって、この日は逢坂山《おうさかやま》*1から大津馬《おおつうま》*2をたのみ、男女三人で三宝荒神で揺られていくのも滑稽な図だ。久七がおせんの足の指先を握れば、樽屋は脇腹に手をさし入れて戯れると本文にある。おせんから見て右側

御師とおせんたち

外宮の末社

が樽屋、左側が久七である。ここで逢坂山という地名が出てくるのは、逢坂がむかしから男女の逢瀬に掛けて歌に詠まれた場所だからである。馬子がふり返って、あきれ顔で見ている。嬶は承知のうえで、見ぬふりをして、ただ杖をついている。おかし味とエロティックな展開が絶妙にいりまじる。

＊1　逢坂山……和歌で名高い関所の逢坂関《おうさかのせき》があった山。大津から東海道を北西に向かうと逢坂山である。

＊2　大津馬……大津の宿駅にいた馬。東海道を人や荷を負うて行き来した。

嫁入り持参金は二百匁

見開き絵の左側は参拝の場面。伊勢神宮では御師《おんし》＊3といって、参拝者の案内や宿泊の世話をしたり、暦や御祓《おはらえ》を配る役目の神職がいた。その御師の前で、おせん、樽屋、嬶が手を合わせている。小さな社が二つ見えるのは、外宮《げくう》＊4の末社。本文に「誰も参拝のために来たのではないので、内宮《ないくう》や二見浦＊5へも寄らず、外宮ばかりへちょっと参り」とあるとおり、かたちばかりの宮めぐりをしているのである。三人が座って御師と対面しているのに、久七だけがかたわらで立っているのは、ひとりのけ者にされているからだ。ともあれ、お払串をいただき、わかめを少々買って、神宮に来たしるしができると、もう用はない。このあと、一行は帰路につく。何事もなく京都まで引き返したところで、樽屋は別れる。久七はおせんと二人になれると期待するが、結局は置き去りにされてしまう。おせんと嬶は手はずどおり、樽屋とおちあい、ようやく夫婦約束の酒盛りがはじまる。

以上が、抜け参りの顚末である。大坂に帰ってからのおせんは、樽屋の話は秘密のまま。もとの奉公に戻ったものの、人が変わったようにそわそわと落ち着かず、しだいにやつれていく。家の中では釜が抜けたり、蔵に雷が落ちかかるなど不吉な出来事がつづき、これはおせんに思い焦がれている男の執念がとりついている、その男は樽屋だという噂がどこからともなく立った。それを聞いた主人が、おせんと樽屋の縁をむすび、嫁入り道具に持参金は銀二百匁（約三十二万円）

を付けて嫁がせた。本文にははっきり書かれていないが、例の嬶が裏で噂を流したようだ。

おせんと樽屋はその後、むつまじく平穏に暮らした。子供も二人まで生まれ、人もうらやむ幸せぶりであった。しかし、もちろんこれで話は終わらない。

＊3　御師……一般には「おし」と読んで、祈禱などを行う神職や神社に勤める僧侶をさす。伊勢神宮では「おんし」と呼ばれた。

＊4　外宮……五穀の神の豊受大神を祀る。伊勢神宮は外宮と内宮に分かれる。

＊5　内宮や二見浦……内宮は天照大神を祀る皇大神宮、二見浦は夫婦岩で知られる名所。

女の移り気、その理由

同じ町内で法事があった。麹屋《こうじや》長左衛門の家で、親仁の五十年忌がとり行われるので、近所の女房たちが準備を手伝う。おせんも頼まれて、納戸で饅頭や御所柿《ごせがき》＊6、落雁《らくがん》など菓子の盛り付けをしていた。その時、長左衛門が棚から入子鉢《いれこばち》＊7をとり落とし、おせんの結った髪の結び目が解けてしまった。とりあえず髪をぐるぐる巻いて出て行くと、長左衛門の妻が見とがめ、髪が解けたのは納戸でよからぬ事をしたからだと言いたてた。弁解を一切きかない。

濡れ衣をかけられ、しだいにおせんは嫉妬深い妻に一泡ふかせたくなり、長左衛門に情けをかけた。妻憎しの心がやがて恋心に転じ、いつしか逢引の約束を交わす次第に。樽屋に不満を持たないおせんの行動としては不可解に見える。しかし、おせんを目覚めさせた嬶のいたずら心は、もともと、おせんのものでもあったと考えてみる余地はあるかもしれない。

貞享二年（一六八五）正月二十二日、宝引縄《ほうびきなわ》＊8で女たちが盛り上がり、夜更けになってようやくおせんは家に帰った。長左衛門がついてきて、かねての約束を果たすように迫る。かたわらで樽屋はぐっすり寝ている。おせんが下帯を解くか解かぬかで、樽屋が目を覚まし万事休す。長左衛門は丸裸で命からがら逃げ出し、おせんは樽屋の商売道具の鑓鉋《やりがんな》で胸元を刺し通した。おせんと長左衛門の死骸は兎餓野《とがの》＊9にさらされ、二人の浮名は流行り唄になり、遠国にまで伝わり囃された。事

法事（『好色五人女』巻二の五より）

納戸のおせんと亭主、お内儀（同左）

件の日付が貞享二年正月二十二日と具体的なのは、実話をもとに書かれたからだ。どこからが作り話かは、今となっては定かでない。

上段の絵は右が、納戸の鉢が落ちてくる場面。暖簾のすき間から妻がのぞいている。左は法要の座敷。五十年忌は最後の法事なので、お供えもいつもより華やかで読経の僧の数も多いようだ。一座の者も肩衣、袴に脇差をさして、町人としては最高の礼装で描かれている。

＊6　御所柿……奈良県御所市が原産の柿で、甘く美味しいといわれた名物。
＊7　入子鉢……大小の鉢を重ね合わせて、小さく組み入れられるようになった鉢。
＊8　宝引縄……正月の遊び。束ねた縄の一本に当たりがあり、引き当てた者が勝ち。
＊9　兎餓野……当時、処刑場があった場所。

〔西鶴の言葉〕

（原文）　されば、一切の女、移り気なる物にして、うまき色咄《いろばなし》に現《うつつ》をぬかし、道頓堀の作り狂言をまことに見なし、いつともなく心をみだし、天王寺の桜の散り前、藤のたなのさかりに、うるはしき男にうかれ、かへりては、一代やしなふ男を嫌ひぬ。これほど無理なる事なし。（中略）なんぞ、かくし男をする女、うき世にあまたあれども、男も名の立つ事を悲しみ、沙汰なしに里へ帰し、あるいは、見付けて、さもしくも金銀の欲にふけて、曖《あつか》ひにして済まし、手ぬるく命をたすくるがゆゑに、この事のやみがたし。世に神あり、むくいあり、隠してもしるべし。人おそるべきこの道なり。

(現代語訳)　さて、すべての女は移り気で、甘い色恋の話にのぼせあがり、道頓堀の作り話のお芝居を本当のことと思い込んでは、いつしか心を乱してしまう。天王寺の桜の散り際や藤棚の花盛りを見ただけで美しい男を思ってうかれ、家に帰ると一生養ってくれる夫を嫌う。世の中にこれほど理の通らないことはない。(中略)どういうわけか、間男《まおとこ》する女もこの世には多いけれど、夫も悪い噂がたつのが嫌さに、事を荒立てずに里へ帰し、あるいは証拠をたてに、さもしい金銀の欲から示談にもちこむものである。そうして手ぬるく命を助けてしまうので、姦通があとをたたないのだ。世には神がいて、報いというものがある。隠し事は必ずばれる。人として恐れるべきは、色恋の道である。

ここだけ見れば、女性の貞操を説いた常識的な道徳論のようである。当時、姦通は男女とも死罪であった(『好色五人女』巻三の女房おさんは手代の茂右衛門と姦通し、ともに刑死した)。とはいえ、世間の噂になれば、生き残った夫も肩身がせまい。まして歌になって誰かれとなく囃されたりすれば、身の置き場がない。ひた隠しにして離縁したり、示談で金銀をせしめて終わらせるケースが多かったのも理由あってのことなのだが、その生ぬるさがいけないという。つまり厳しく罰せよという意味にとれる。隠してもばれる、報いがある、色恋の道を恐れよとつづく文章は、死罪になりたくなければ道をはずれた色恋はやめよとの意味になるはずである。

ところが、この話の読後感は、そんな表面的な読み方ではわりきれない。身持ちの堅い娘だったおせんが、恋の抜け参りをする女になり、お手本のような良妻になったかと思うと、女の意地から姦通し、発覚して自害する。世間の道徳の正しさが強調されるほど、おせんの生きざまは際立つ。おそらく西鶴は、おせんを通して色恋を動かしている不可思議で劇的な力を書いてみたかったのである。

第六話　天満の井戸替え〈『好色五人女』巻二の一〉

七夕と惚れ薬と天満の化物

夫婦池の嬶とは何者

前話につづいて『好色五人女』より「恋に泣き輪の井戸替え」をとりあげる。天満のおせんの事件のそもそもの発端となる逸話がここで語られる。

題名のとおり、井戸替えが話の展開の重要なきっかけになる。それだけではない。井戸の底には、いろいろなものが落ちていた。中には何につかったのかわからないようなものも……。

井戸替えについては本文でくわしく述べる。ここでは七夕の日の暮らしの行事だとのみ記しておく。

もうひとつ、話のポイントとなるのが、イモリである。文中では井守《いもり》と表記されている。イモリの黒焼きという惚れ薬も話題に出てくる。七夕・井戸替え・井守・黒焼き・惚れ薬……ここでも俳諧的な連想が話を動かしていく。

要となる人物が、夫婦池のこさんというあやしげな嬶《かか》。惚れ薬・夫婦池という連想から呼び出されたようである。

七夕は織姫と彦星が年に一度の逢瀬をはたす日。色事に人事を超えたもののはたらきを感じとった時代の話である。嬶のこさんは、どんな役目をになって登場したのだろう。

季節の習俗から導かれる言葉の連想に引き込まれていくうちに、いつしか話は核心へ。西鶴を読むたびに、読者は江戸時代を追体験する。当時の風俗や慣習が、散りばめられた逸話とともに味わえる。

七夕は井戸さらえの日

絵は井戸替えの風景。裸の男たちが釣瓶で井戸の水を汲み出している。底にたまっている泥までかき出して、他から汲んできた井戸水を入れ、酒を供えて祀る。穢れをとりさって水の神を祀る行事で、七夕の日（第二章第二話参照）に行う。

井戸は横町の住人が共同で使っているのだが、所有者は家主である。男たちは横町の借家人で、一世帯から一人ずつ割り当てられ、井戸さらえにかりだされた。まだ暑い頃なのでもろ肌を脱いでいる。はじめは息が合わなくても、助けあって作業をすれば、自然と住人どうしの一体感も生まれる。季節の行事にはさまざまな一面がある。

本文には、七夕の日に貸し小袖という行事も行われたとある。仕立ててから一度も着ていない小袖を七枚、右を上にして七枚重ね、供え物にして祀ると、裁縫が上達するというのである。同じように、七枚の梶の葉に和歌を書いて手向けると字がうまくなるともいわれた。

その日は唐瓜や枝柿[*1]なども飾り物のようにして供えられた。七夕の神は果物、野菜の初物を好むといわれたからだが、本文では、下々の者が供えると記してあり、奉公人の七夕の楽しみ方だったようだ。貸し小袖や梶の葉は、商家の女主人や子供たちが楽しんだのである。

さて、井戸の水をどんどん汲み出し、底までいくと濁り水になり、さらには砂まじりになってくる。その頃には、いろいろ失せ物も一緒に上がってくる。思いがけないものも出てきたようだ。

＊1　唐瓜や枝柿……唐瓜はまくわ瓜、枝柿は枝付きの柿。

井戸さらえの男たち

イモリの黒焼き、惚れ薬

絵（次頁）に描かれたのは、井戸の底から出てきた品々である。

嬶と井戸から出た品々

薄刃の包丁は、以前になくなった時、盗難を疑われたもの。その隣の昆布に針をさしたものは、何かのお呪《まじな》いだろうか。

駒引銭《こまびきぜに》といって、馬と馬子を鋳出した銭がある。財布に入れると銭が増えるという俗信があったのだが、落とした人の金回りはどうなっただろう。

腹掛けをしただけの裸人形もある。子供が抱いて遊ぶのだが、目鼻が欠けている。

もうひとつ虫のように見えるのはイモリ。井戸の底に住みついていたのを、汲みだされた。

それらを見ている老女は、夫婦池のこさんと呼ばれる嬶《かか》。夫婦池は天満にあった大きな池。嬶は子おろしをなりわいにしていたが、堕胎の禁止令が度々出て、今では素麺の材料の小麦粉を臼でひく、その日暮らしの身の上だった。

絵にはないが、本文には、継ぎはぎでいっぱいのよだれ掛けも出てくる。くだり手のかたし目《め》貫《ぬき》も出てきた。「くだり手」とは上方産の田舎向けといった意味で安物の品をさす。「かたし」は片方だけ、目貫は刀の握りにあたる柄《つか》の側面につける一対の飾り金物。横町の住人といっても脇差は礼装に欠かせない（第一章第二話参照）。外井戸といって、横町で共同使用の井戸は屋外にあり、つかう時に蓋をとる。とはいえ、じつにいろいろな物が落ちているものである。

両手で樽に手をかけながら、井戸替えのようすを見ているのは、樽屋である。水をさらえている時、根側《ねがわ》につかわれていた桶の釘がはずれてばらばらになったので、樽屋が呼ばれて、輪竹を新調しているところだ。根側は井戸の底に埋められて、壁が崩れるのを防ぐ板。足元で丸くなっているのは、たが。正直と呼ばれる大鉋、槌など大工道具も見える。

かたわらに居るのは、樽屋を呼びつけた家主だろう。こうやって年に一度、水をさらえ、壊れたところは補修したうえで、水の神にお供えをする。井戸は大切な水源というだけでなく、共同作業と暮らしの信仰を通して、横町の人々を結びつけていた。

樽屋と家主

天満の八つめの化物

問題のイモリだが、嬶のこさんがもてあそんでいるのを見て、樽屋が何をしているのかと尋ねたところ、イモリの黒焼きにするのだと答える。竹の筒に入れて黒焼きにし、恋しい人の黒髪にかけると惚れられるという。樽屋はなおも黒焼きのつくり方を熱心に聞き出そうとする。嬶がその心を見透かして、恋しい人はどなたじゃと問うと、樽屋はぽろりと打ち明け、おせんの名を口にする。もう百通も文を渡したのに一度も返事がないと涙ながらに言う。

嬶という人物はかつては夫婦池で子おろしをしていただけあって、得体の知れないところがある。すぐにうなずいて、「それならばイモリはいらぬ、私が橋渡しをして思いをかなえてあげよう」と請け合った。樽屋は驚き、「お世話になりたいのはやまやまだが、金銀がいる話ならお頼みできません。正月の木綿の着物、盆に奈良晒《ならざらし》の中ぐらいのをひとつ、お礼はこの程度で済むように願えれば」と言う。嬶は「私は欲得ずくで言うのではござらぬ。これまで数千人の仲立ちをして、まとまらぬ話はひとつもない。秘伝があるのじゃ。九月の菊の節句の前に会わせてあげよう」と自信たっぷりである。

なんとも面妖な嬶ではないか。恋の仲立ち数千人はもちろん出まかせ。子おろしの罪ほろぼしのつもりなのか。それとも人生の酸いも甘いもかみわけたあとの慰みに、樽屋の恋路のお先棒かつぎをかってでたのか。いたずら心が発端とも思える嬶の申し出が、おせんと樽屋の運命を大きく変えることになるのは第三章第五話にあるとおり。

おせんは男とは縁のない身の堅い女だった。このあと嬶は、おせんを樽屋に引き合わせるのに成功し、二人を抜け参りの道中に旅立たせる。色恋とはもはや縁がないと思われる老女が、色恋の縁結びの役目をはたすのが面白い。西鶴の浮世草子に出てくる老女は、この媒に限らず、皆かくしゃくとして世間を渡っている。

最後にひとつ。「天満に七つの化物あり」と本文にあり、大鏡寺《たいきょうじ》の前の傘火《からかさび》、神明《しんめい》の手なし児、曽根崎のさかさま女、十一丁目の首しめ縄、川崎の泣き坊主、池田町の笑い猫、鶯塚の燃え唐臼《からうす》が挙げられている。これらは狐狸のしわざだが、それよりも恐ろしいのが人間だと文章はつづく。おせんの悲劇的な死を招いたことを思い出すなら、媒のいたずら心がただのいたずらとは思えなくなる。媒とは化物めいた人間の一面そのものなのかもしれない。色恋とはそのような世界に通じているのだ。

〔西鶴の言葉〕

〈原文〉 身はかぎりあり、恋はつきせず、無常は我が手細工のくわん桶に覚え、世をわたる業《わざ》とて、錐《きり》・のこぎりのせはしく、鉋屑《かんなくず》のけむりみじかく、難波《なにわ》のあしの屋をかりて、天満といふ所からすみなす男あり。女も同じ片里の者にはすぐれて、耳の根白く、足もつちけはなれて、十四の大晦日に、親里の御年貢三分一銀にさしつまりて、棟たかき町家《まちや》に腰もとづかひして、月日をかさねしに、自然と才覚に生れつき、御隠居への心づかひ、奥さまの気をとる事、それよりすゞの人にまであしからず思はれ、その後は、内蔵の出し入れをもまかされ、「この家におせんといふ女なうては」と、諸人に思ひつかれしは、その身かしこきゆゑぞかし。

〈現代語訳〉 人生には限りがあるが、恋の種は尽きないものだ。自らつくる棺桶で無常を悟り、世渡りのために錐や鋸をふるうのに忙しく、炊事には鉋屑を焚く細々とした暮らしぶり。葦を葺いた粗末な家を借り、天満という場所柄に似つかわしく住んでいる樽屋という男がいる。女はというと、同じ片田舎の者にしては器量よし、耳の付け根の色白く、足も土気《つちけ》なく垢抜けていた。十四歳の大晦日に両親が年貢の三分一銀《さんぶいちぎん》が払えず、構えの立派な町家に腰元奉公して月日をかさねた。利発な生まれつきで、御隠居への心くばり、奥様の機嫌とりはぬかりなく、下々の者にまで好かれ、のちには内蔵《うちぐら》の出し入れも任されるまでに至った。「この家におせんという女いなくては」と、人々に思われるようになったのは、なんといってもその賢さのゆえである。

話の冒頭、主人公のおせんと、恋のお相手となる樽屋を紹介しているくだりである。二人が住んでいた天満は淀川の北岸に早くからひらけた土地で、大坂三郷[*2]にも属していたが、淀川以南の船場や島之内などとくらべれば、まだ鄙びたところがあった。男の職業が樽屋というのは、天満には樽屋町[*3]という地名があり、じっさいに樽や桶をつくる者が多く住んでいたからである。

おせんの美しさを言いあらわすのに、田舎者にしては耳の付け根が色白で、足に土気がないと表現されているのが面白い。天満でもはずれの地の生まれだったのだろう。といっても農村の出身ではない。両親が年貢の三分一銀を払えなかったとある。分一《ぶいち》とは農業以外のなりわいに従事する者に課せられる年貢の意。業種は商業あるいは漁業、山林業などのいずれか。三分一銀だから、収入の三分の一にあたる銀を納めなければならなかった。おせんは両親のために腰元奉公に出る。奉公先は、棟の高い町屋だった。天満には天満宮の門前を中心に町屋が集まっていたから、おせんもこのあたりの商家で働いたのだろう。樽屋町も天満宮のお膝元の町で、樽屋がおせんの評判を耳にする機会がしばしばあったとしても不思議ではない。

おせんは器量よしで、しかも賢かった。それと比べると、樽屋の人物像は平板で魅力に欠ける。とはいえ、『好色五人女』は女が主役。天満のおせんの生き生きとした姿に触れられるなら、何も言うことはないのである。

＊2　大坂三郷……江戸時代の大坂市中は、北組・南組・天満組の三郷で形成されていた。
＊3　樽屋町……昭和五十三年まで残っていた町名。現在の天神橋一～六丁目、天神西町。

第七話　淀川の川口風景〔『好色一代女』巻三の三〕

歌比丘尼という商売

湊を彩る女たち

『好色一代女』は貞享三年（一六八六）に刊行。『好色五人女』（第三章第五、六話参照）に続いて女性を主人公に仕立て、かつ一人称の回想記という他の作品では見られない手法を用いた西鶴の浮世草子中の異色作である。

身分のある人の子として生まれ、美貌のゆえに御所の高位の官女に仕えた主人公が、十一歳の頃から色恋の遍歴を重ね、しだいに身をもちくずしていく。十六歳の時には京都島原の太夫となるが、その後も遍歴はやまず、職歴も三十種におよび、六十五歳でついに最下層の惣嫁《そうか》[*1]になり果てる。庵でひっそり余生を過ごす老女となった主人公が、訪れた若い男に生涯の色恋の数々を物語るという趣向で、六巻六冊の話がつづられる。

花が咲いて盛りとなり、やがて衰え、散り果てて枯れていくさまに似て、ひしひしと哀切が迫るが、決して陰鬱さを感じさせない。不思議な明るさが全編に流れているのは、主人公の女性が安穏よりも色恋を選ぶ自らの生きざまを常に肯定しているからである。

教訓臭、道徳臭のない自由な空気は西鶴の浮世草子全体を貫く特徴だが、『好色一代女』は女性の転落を題材としているからこそ、この西鶴らしさが際立つ。江戸時代の女性は男性よりも制約の多い生き方に甘んじていた。『好色一代女』の主人公は転落していくことで、制約から自由になったといえる。

ここでは、主人公が大坂で歌比丘尼《うたびくに》になるくだりをとりあげる。

＊1　物嫁……上方では、路上に立って売色をする女性をこう呼んだ。

歌比丘尼の船

勧進比丘尼と歌比丘尼

絵は『好色一代女』より「調謔歌船《たわぶれのうたぶね》」、淀川の川口の風景。絵の船で立ち上がっているのが歌比丘尼《うたびくに》である。比丘尼には尼僧の意味と尼姿の芸人あるいは私娼の意味があり、ここでは後者。諸国から大坂めざしてやって来た船は、安治川をさかのぼって川口にやって来る。見渡す限りに白い帆が並び、ひと目千本と呼ばれた湊の風景がそこにある。流域は船の出入りでいつも賑わっている。その合間を縫うようにして小舟が行きかう。大船がはこんできた物産を、小さく分けて市中に届ける荷船の群れだ。

　そうした船で働く人々を相手に色を売る船が出る。歌比丘尼が乗る船だ。黒い頭巾、前結びの帯がそのしるし。本文でも、比丘尼はおおむね浅黄《あさぎ》の木綿布子《もめんぬのこ》に龍紋《りゅうもん》の中幅帯《ちゅうはばおび》*1を前結びにして、黒《くろ》羽二重《はぶたえ》で頭をかくし、深江《ふかえ》の加賀笠《かががさ》*2を携え、畝刺《うねざ》しした足袋*3を必ず履き、絹の腰巻を裾短《すそみじ》かにつけているとされる。さらに脇には小箱を持ち、その中には熊野神社の護符、四つ竹（第三章第三話の*2参照）、酢貝*4が入っていた。歌比丘尼は熊野神社でもらった護符を人々に勧進《かんじん》するのがたてまえで、四つ竹は客の気を引くため、歌に合わせて鳴らすのである。

　歌比丘尼のうしろで座っているのは小比丘尼《こびくに》。米や金を受け取るための一升柄杓を持ち、「勧進、勧進」とひっきりなしに声をあげる。

　もともと熊野比丘尼と呼ばれて、熊野権現の縁起を描いた絵巻物の絵解きをしながら諸国を勧進して歩いた尼僧がいた。のちには歌念仏をうたう者もあらわれた。歌比丘尼、勧進比丘尼が、もともとの意味から離れて比丘尼姿で売色をする女性をさす呼び名になったのは、江戸時代になってまもなくの頃という。「勧進、勧進」とは、じつは売色の誘いの声なのである。この商売、あからさまな誘いでないのが肝要なのだ。

　本文はさらに、歌比丘尼のなりわいのさまをつづる。声がかかれば、他人の目があるのもかまわず、泊まっている船に乗り移り、事が済めば「百文つなぎの銭（第一章第八話の*1参照）を袂《たもと》

御座船

へなげ入れるもをかし」という次第となる。あるいは薪《たきぎ》、さし鯖[*5]などが代金がわりになったりもした。

主人公は、高津神社の近くにいた御寮《おりょう》（元締め）のもとで歌比丘尼を勤めたが、雨の日も嵐の日も休みがなく、毎日白米一升と銭五十文（約千二百五十円）の上前を取られた。器量のよい者は武家屋敷をまわり、そうでない者は村々をめぐる。主人公は川口の船に招かれるようになり、小宿で逢引をかさねて馴染の客三人までに有り金をはたかせてしまう。一夜に三匁（約四千八百円）と少しの代金とあるので、歌比丘尼としてはいいかせぎ。客をすっからかんにさせておいて知らぬ顔で小唄をうたう薄情さ、と本人自ら述懐する。

＊1　龍紋の中幅帯……龍門は糸が太く厚地の帯に用いられた生地で、斜めの織り目に特徴があった。

＊2　深江の加賀笠……深江（現大阪市東成区）は菅《すげ》の葉で編んだ菅笠の有名な産地。加賀笠は女性用の菅笠の高級品。

＊3　畝刺しした足袋……二枚重ねの布の中に綿を入れ、糸で幾筋も縫るのを畝刺しといい、畝刺しの足袋を畝足袋と呼んだ。

＊4　酢貝……酢に入れるとぐるぐる回る細螺《しただみ》の貝。比丘尼が女児に与えて玩具とした。

＊5　さし鯖……鯖をひらいて塩漬けにしたもの。二匹を刺しとおして一刺しといった。

陸の上にも水の上にも

絵は遊山用の御座船。肴、盃を前にくつろぐ男たちがいる。商売を終え、涼んでいたところへ、歌比丘尼の船が来て、すっかりそちらに気をとられているようす。絵（次頁）では、今から荷物を浜に揚げようとしていた茶船の人々まで手をとめて、比丘尼の方を見ている。

本文には、そもそも川口とは諸国から来た船が錨をおろすところで、船頭たちが故郷の女房を思いつつ船中で独り寝をする枕の寂しさを見て、色を売る歌比丘尼というものありと記されている。御座船の男たちは、大坂市中の者だろう。本文の別の箇所に、船遊びの者の中に町代《ちょうだい》といっ

茶船

番所と捕物道具

辻行灯

て町会所の役を務める男がいて、ここに居るのは、家が抵当で流れる人、安い入札で請負仕事に追われる人、北浜ではた商い[*6]をする人など、いずれも身代の危うい者ばかりと述べる場面がある。町会所の役などしていると、おのずとこういう事情に通じるようになる。「年じゅう、嘘と横車と欲を元手に世を渡り、それでも色遊びをやめないのはいい気なものだ」と町代がつぶやくのを聞いて、他の者たちは心の中で恥ずかしくなり、身分不相応の色遊びはやめようと思い定める。しかし、それでもやめられないのがこの色の道だと本文はつづく。金があれば遊びたくなり、金がなければなお遊びたくなる。陸では遊廓や新地がにぎわい、水の上では歌比丘尼というようなものが流行るのも無理はない。

浜へ上がったところに絵のような辻行灯《つじあんどん》が見える。日が傾けば、水際で足元を照らす灯りが役に立つ。建物は番所。四本立てかけられているのは、不審者や罪人を取り押さえるための捕物《とりもの》道具である。川口は諸国の船が集まる湊。番所は出船、入船を監視し、人の往来に目を光らせる。比丘尼は取締りの対象にはならない。当時は認知された風俗のひとつでしかなかった。主人公自らが「さもしき業《わざ》」と呼ぶ歌比丘尼だが、その一方で「昔から見慣れたもので、おかしいとは思わない」と言うのだからおかしい。

＊6　はた商い……現物の売買ではなく、相場の上下を見込んだ投機的な売買のこと。

〔西鶴の言葉〕

（原文）　多くても見ぐるしからぬとは書きつれども、人の住家《すみか》に塵《ちり》、五木《ごもく》の溜《たま》る程、世にうるさき物なし。難波津《なにわづ》や入江も次第に埋れて、水串《みおづくし》も見えずなりにき。都鳥《みやこどり》は陸にまどひ、蜆《しじみ》とる浜も抄《つま》み菜の畠とはなりぬ。
むかしに替り、新川の夕詠《ゆうなが》め、鉄眼《てつげん》の釈迦堂、これぞ仏法の昼にすぎ、芝居の果《はて》より御座ぶねをさしよせ、呑み掛けて酒機嫌《さかきげん》、やう〳〵えびす橋よりにしに、ゆく水につれて半町ばかりさげしに、はや、この舟すわりて、さま〴〵うごかせどもその甲斐なく、けふの慰みあさくなりておもしろからず。ここに汐時まつとや、心当てなるれうりもばらりと違ひ、三五の十八、焼物のあたま数読みて、膳出し前に下《おろ》し膾《なます》の子もなくあへて、「先のしれぬ三軒屋より、ここでくうて仕舞へ」と、夕日の影ほそくなりしに、竿さしつれて棚なし舟のかぎりもなくいそぐを見しに、「これかや、今度の芥捨舟《あくたすてぶね》、よき事を仕出し、人の心の深く川も埋らず、末々《すえずえ》かかる遊興のためぞ」とよろこぶ折ふし、この五木の中にわけらしき文反古《ふみほんご》ありしに、その舟へ手のとどくを幸ひに、つい取りて見しに、京から銀《かね》借りにつかはせし文章をかしや。

（現代語訳）「多くても見苦しからぬは文車の文、塵塚《ちりづか》の塵」[7]と『徒然草』には書いてあるが、人の住んでいる家に塵や芥のたまるほど、煩わしいものはない。難波の湊がある入り江もだんだん埋もれて、澪標《みおつくし》も見えなくなった。都鳥はかりそめの陸に惑い、蜆をとっていた浜も間引き菜の畑になってしまった。

むかしとはさま変わりした新川[8]の夕景色を眺め、鉄眼禅師の釈迦堂に仏法の栄えを見て、芝居が終われば御座船を呼び、飲みはじめた酒の機嫌で、ようやく戎橋より西に、水の流れにつれて半町（約五十五メートル）ばかり下ったところで、早くもこの船は浅瀬に乗り上げた。あれこれ動かしても甲斐なく、今日の慰みも面白くなくなった。ここで潮時を待っていたのでは、料理の心当てもはずれ三五の十八で計算ちがいになる。焼物を客の頭数だけ、膳を出す前におろし膾《なます》を子も入れずに和えて、「先のわからぬ三軒屋より、ここで食ってしまえ」となった。夕日の影は細くなり、竿さし連れて、小舟がたくさん急ぐのを見て、「これが、今度できたというゴミ捨て舟か。よいことをはじめたものだ。よい考えのおかげで川も埋らず、先々もこうした遊興のためになる」

と喜んでいる折りから、ゴミの中に意味ありげな古手紙があり、手が届くのを幸いに、つい取って見ると、京都からの借金の依頼状で、その文面がまた面白かった。

江戸時代は平和がつづき、経済が安定し、大都市はますます都市化がすすんだ。ゴミ問題が目にあまるようになる。もともと河口は、流れ出る土砂の堆積で埋まっていくものだが、そこへ市中から排出されるゴミが追い討ちをかける。澪標は往来する船に、ここが安全な通行路であると知らせるしるし。川底の深いところに立てられるものなのだが、それが埋もれて見えなくなったというのだから大変だ。流れがあった場所が陸になり、都鳥と呼ばれたユリカモメたちも戸惑うばかり。河口にあった島を削って新しい川ができたのも近年のことで、人間のやることはめまぐるしい。川遊びに来てみたが、戎橋をちょっと西に行ったところで浅瀬に乗り上げ、動けなくなってしまったと語り手は嘆く。日暮れどきには、最近できたゴミ捨て舟の群れがあらわれた。ゴミの山に手をのばし、古手紙をとってみると借金の依頼状だった。どこを見てもせわしい人間の営みであることよ。

この風景、なんだか、現代と変わらない。人が大勢集まれば、塵も芥も降り積もる。水に流すと、川が埋まる。それでも遊びの種は尽きない。他人の手紙を拾って笑うのは趣味がよろしくないが、都会における他人との関係は一面そのようなものである。そう思ってしまえるなら、それこそ浮世を遊び暮らせるだろう。

＊7　塵塚……ゴミ捨て場。

＊8　新川……河村瑞賢が開削し、元禄十一年（一六九八）に安治川と名づけられた。淀川の河口の重要な水路となる。

第八話　流れついて玉造〔『好色一代女』巻五の四、巻六の三〕

三十超える女の職歴

大遍歴を生き抜いて

『好色一代女』から巻五の四「濡問屋《ぬれのとい》硯《やすずり》」・巻六の三「夜《や》発付声《ほつのつけごえ》」の二話をまとめて紹介する。

大名の側室、島原の太夫と華やかな遍歴を見せた主人公だったが、その後はいくつもの職業を転々としながら、しだいにおちぶれていく。「濡問屋硯」では蓮葉《はすは》女となり、「夜発付声」ではついに惣嫁《そうか》に成り果てる。夜発とは、惣嫁の別名。夜鷹とも呼ばれ、売色をなりわいとする最下層の女性をさす。

蓮葉女は、「はすっぱ」という言葉があるとおり、安っぽい女の意。大小の問屋にはたいてい雇われていて、諸国からやって来る客の接待にあたった。

誰にでも愛想をふりまき、相手かまわず枕をかわすのが蓮葉女の接待である。見返りに銭や品物を受け取り、遊女よりも放埒《ほうらつ》に身をもちくずし、年をとるとどこへも知れずいなくなる。主人公は蓮葉女で田舎の客を手玉にとったが、それが最後のひとかせぎとなった。

大坂の新町で遣手の婆をつとめたあと、最後に惣嫁として辻に立ったとき、主人公は六十五歳。十一歳からはじまり、三十を越える職業を転々とし、そのほとんどが色事がらみ。大遍歴の果てに、主人公は何を思っただろうか。『好色一代女』は『西鶴置土産』と並ぶ傑作だ。

着物を見せ合う蓮葉女たち

魚をさばく蓮葉女

びらしゃら生きる蓮葉女

見開きの絵の右側は『好色一代女』より「濡問屋硯」の一場面である。描かれているのは、中宿で休む蓮葉女たち。中宿は奉公人が寝泊まりする家。出替わりの日のくつろぎのひとときである。一人の女が着物の袖を広げて自慢げに見せている。一方の女が着物に見入り、もう一方は煙草をのんでいる。煙管の女は片膝を立てているが、これは女性の日常の座り方。姉さんかぶりに襷《たすき》がけの女は、包丁と魚箸を持って、魚をさばいている。

本文では、蓮葉女の中宿での遊びは、まず美味いものづくしからはじまる。鶴屋の饅頭、川口屋の蒸蕎麦、小浜屋の薬酒、天満の大仏餅、日本橋の釣瓶鮨《つるべずし》、椀屋の蒲鉾《かまぼこ》、栴檀木筋《せんだんのきすじ》の仕出し弁当など、なかなか口がおごっている。ここに出た名物はすべて、当時じっさいに人気のあったものだ。外に出ても、横堀川では貸し御座船に揺られ、道頓堀の芝居見物にも駕籠に乗り、現金払いで座敷を借りて、その日の役者にのぼせあがる。なかなかに金づかいが派手だが、芝居の座敷は旦那衆なら後日の信用払いなのに、蓮葉女は現金でないと観られないのだから、分不相応の贅沢であるのはあきらかだ。

蓮葉女は飯炊き女よりちょっと見ばえがよく、下に薄綿の小袖、上に紺染めの無地を着て、黒の大幅帯に赤い前垂れ、髪は吹鬢《ふきびん》＊1に京笄《きょうこうがい》＊2をさして伽羅《きゃら》の油で固めている。履物は細身の雪駄。懐《ふところ》から延《のべ》の鼻紙＊3をちらりとのぞかせている。振る舞いは厚かましく、人目を気にせず尻を据えてちょこちょこと歩き、びらしゃらしているので蓮葉女と呼ばれるようになった。蓮葉女とは、安っぽいものを蓮の葉物というところからついた呼び名だったのである。大坂で問屋奉公をしている蓮葉女は数百人ほどもいて、店に来た客を色でもてなし、浮世小路《うきよしょうじ》＊4の出合宿《であいやど》で枕をかわす。それで客から金品を得て、面白おかしく暮らしていた。

主人公は蓮葉女の仲間入りをするが、まもなく「野墓《のばか》のるり」と仇名されるようになる。野墓は火葬場の意。よく人を焼く（燃え上がらせる）からだという。まだまだ色香では人に負けないのである。
＊1　吹鬢……絵の蓮葉女の髪のように、鬢を大きく張り出させて結う髪型。
＊2　京笄……京都でつくられた髪飾り。
＊3　延の鼻紙……薄くてやわらかく、遊女や大尽客が鼻紙につかった。
＊4　浮世小路……高麗橋筋の北寄りにあった小路。奉公人が利用する出合宿が多かった。

大名側室から惣嫁まで

見開きの絵の左側は『好色一代女』より「夜発付声」の一場面。蓮葉女をやめたのち、町はずれの玉造で

裏借家に住むようになった主人公は、明日の薪にも困る生活をおくっていた。絵の女性三人は、主人公の壁隣に合住《あいずみ》している婢たち。いずれも五十歳を過ぎている。板屋根に縄暖簾の粗末な住居である。屋内の二人は釜で沸かした白湯を飲んでいる。表の一人は姉さんかぶりに前垂れ姿。貧しい暮らし向きに見えて、よく見ていると朝寝をして、堺から売りに来る磯物の小魚、小半酒《こなからざけ》（二合五勺の酒）を楽しむなど、けっこう良いものを食べている。女たちは夕暮れ時になると、化粧をして出かけ、明け方に帰ってくる。これが銭十文（約二百五十円）で辻に立って色を売る惣嫁というもので、田舎者の客を相手に夜闇にまぎれて年齢をごまかしながらの商売である。

主人公はすでに六十五歳。同じ借家に住む老婆に、「あんたほどの器量よしが何もしないでいるのはもったいない、人並みに夜の商売に出なされ」とすすめられ、飢え死にするよりはと話に乗ることにした。着物がないと言うと、大振袖、帯、腰巻、木綿足袋など必要なもの一式を賃貸しする男があらわれ、客の引き方まで教えてくれる。ところが、主人公はその夜、一人の客も得られなかった。東の空が明ける頃、これをこの世の色勤めの仕納めと決めた。

十一歳から六十五歳まで、主人公が経験した職は三十を超える。御所の官女に仕えていた時、色恋沙汰がもとで舞妓に身を転じ、見初められて大名の側室になったが殿様の病弱のため暇を出され、十六歳で島原の太夫へと転進、やがて天神、鹿恋、端女郎へと遊女の位を下げ、十三年の年

季があけた。その後は、男装の寺小姓となって寺々をまわり、ある寺では年季三年の大黒*5となったが逃げ出した。女子に手習いを教える女祐筆《ゆうひつ》になり、呉服屋で腰元奉公をしたかと思うと、江戸で武家の奥方の表使《おもてづか》い*6を勤め、大坂で髪を剃って歌比丘尼（第三章第七話参照）に身をやつし、また大名の家で貴人の髪を結う髪上げ女に雇われた。大坂の横堀に宿を借りた頃は商家の娘の嫁入りの介添女に雇われ、また江戸に移って縫物をしてかせぐお物師になり、お屋敷でご主人の食事など身のまわりの世話をする茶の間女になり、堺に住んだ時にはさるご隠居の家の仲居になり、京都では茶屋女になって、お大尽に身請けされて妾となり、しばし平穏に過ごした。その後も遍歴はやまず、風呂屋者になり、京都の扇屋の女房になり、糸繰り女になり、また妾になり、大坂に帰って蓮葉女になり、宿を定めて色を売る据物宿の女になり、伊勢の国で遊山宿の女や旅籠屋の客引き女、針売りの女になった。大坂に舞い戻ると新町遊廓の遣手の婆を勤めたあと惣嫁《そうか》に成り果てた。

女性が一人で生きていくのが厳しい時代で、主人公は容色の衰えとともに社会の下層へ落ちぶれていくが、そんな自らの姿を悲しみながらも面白がっているところがある。最後に主人公は色の道からぷっつりと縁を切り、仏門に入って庵で暮らす身の上となる。庵の名を好色庵という。波乱万丈の好色一代の末の、主人公の最後の述懐は次のとおり。

「たとえ遊女の勤めはしても心の中までは濁りがなかったつもりでございます」

こんなところに西鶴の人間観がよくあらわれている。何事に染まっても人間は人間、金があってもなくても、若くても老いても、面白い生き物であるのには変わりがない。面白いと愛すべきは同じ意味だとは、西鶴の作品の共通した読後感のようである。

＊5　年季三年の大黒……僧侶の妻を大黒という。この話では年季三年の銀三貫目（約四百八十万円）とあるので、期間を限って身売りしたのである。

裏借家の惣嫁たち

＊6　表使い……本来は大奥の職名だが、ここでは武家の奥方に仕える奥女中をさす。

〔西鶴の言葉〕

（原文） 風俗そなはつて、隠れなし。薄色のまへだれ、中幅の帯を左の脇にむすび、よろづの鎰《かぎ》をさげ、内懐《うちぶところ》より手を入れ、後《うしろ》を少し引きあげて、大かたは置手拭、足音なしの忍びありき、不《ふ》断《だん》作り顔して心の外におそろしがられ、太夫《たいふ》引きまはす事、よはきうまれつきをも、間もなくかしこくなして、客の好くやうにもつてまゐり、隙日《ひまび》なく、親かたのためによきものとなりぬ。女郎の子細をしりすぎて、後にはやりくりを見とがめ、太夫もこれにおそれ、客もきのどくさに、節季をまたず二角づつ、鬼に六道銭をとらるるごとく思ひぬ。

（現代語訳） 遣手の婆の風体はひと目でそれとわかる。薄色の前垂れに中幅の帯を左脇に結び、たくさんの鍵を腰にさげ、内懐から手を入れて着物の後ろを少し引きあげ、頭には置手拭がお決まりの姿。足音を忍ばせて歩き、顔には決して本心を出さず、人に恐ろしがられる。気の弱い気性の女にも太夫教育をほどこし、知恵をつけ、客を舞い上がらせる手管を仕込み、暇を与えず、親方のためになるように仕立てあげる。遊女の裏表に通じ、やがて情夫などの秘密を見とがめるので、太夫には恐れられ、客も困らせ、節季の前から金二分（約五万円）ずつせしめたりもする。まるで三途の川で六道銭[＊7]をとる鬼のように思われたものだ。

遊廓で遊女の監視と教育係を勧める遣手の婆を描写したくだりである。西鶴の浮世草子には当時のさまざまな風俗を活写した文章が随所にあらわれるが、これもそのひとつ。「薄色の前垂れに中幅の帯を左脇に結び、たくさんの鍵を腰にさげ」「足音を忍ばせて歩き、顔には決して本心を出さず」など、生き生きとしたリアルさをかもしだしている。

＊7　六道銭……死人の棺桶に、三途の川の渡し賃として六文銭を入れる風習があった。

世之介の修業時代
『好色一代男』巻一の六

西鶴の浮世草子を読むと、江戸時代とは町じゅう至る所で売色の誘惑があった時代だとわかる。遊里だけではない、茶屋、飯屋、風呂屋にはつきものだったし、船には歌比丘尼、夜の辻には暗物女がいた。問屋でも、得意客相手に売色の女性を置いている場合があった。色事とは縁のないはずの寺院ですら、女色、男色の巣窟と化していたりもした。芝居役者が色を売る話も多い。現代とは性に対する価値観、倫理観がちがう。女性だけでなく男性も買われる対象になった。浮世草子とは、そういう時代の話なのだ。目くじらをたてても仕方がない。まずは、そこに描かれた生き生きとした人間の営みを味わいたい。

絵は『好色一代男』の「煩悩の垢かき」より。兵庫の風呂屋の場面である。主人公の世之介はまだ十二歳。左側で浴衣を脱ぎながら、湯女《ゆな》と戯れている。右側で三人並んだ客は湯女に背中の垢落としをさせている。世之介は湯女の受け答えが洒落ているのが気に入り、このあと二人で宿へ。そこで湯女は馬脚をあらわす。世之介、色道修業に邁進の日々である。

本文では、最後に、勝山という湯女が情愛こまかく、身のこなしも着こなしも見事で、何事にも抜きん出たところがあったので、客の人気を一身に集め、のちには吉原の太夫にまで出世したとの逸話が語られる。勝山髷という髪の結い方を流行させたのも、勝山だった。遊女は流行の発信者でもあった。

絵の左上で客が身をかがめてくぐり抜けているのは、ざくろ口。暖気が冷めにくいように出入り口を狭くしている。風呂の中でも褌はしたままである。

風呂屋の風景

第九話　大坂花づくし〔『諸艶大鑑』巻三の五〕

花の太夫たちの隠れた姿

究極の大尽遊びとは

新町の遊女の多くは十三歳で遊廓にやって来る。現代の感覚では若すぎるようだが、当時の十三歳といえばもう子供ではない。一人前と見なされ、禿《かむろ》と呼ばれて、太夫のお供などしながら遊女になるための手ほどきを受ける。器量、素質に応じて太夫、天神、鹿恋などと位に分けられ、十六、七になると勤めがはじまる。年季は十三年が一応の目安。それまでに意中の大尽に見初められ、身請けされるのが望みといわれる。

そんな遊廓の約束事とは別に、遊女たちは女盛りを迎える。その艶やかさを花にたとえるのは月並みだが、『諸艶大鑑』の「敵無しの花軍《はないくさ》」は、たたみかけるような花づくしで、新町の色遊びの華やかさを垣間見せる。

といっても、この話の主題はただの花競《くら》べにあるのではない。むしろ、その反対。花の女たちの人目に触れない時の姿を、あれやこれやと教えてくれる。時代が移り変わって、大尽と呼ばれる人たちもしだいに色あせ、本物は稀にしか見られなくなるという。遊女にもそのようなところがあるのは、お互いさまなのだが、どちらの側から見ても、遊廓というところは華々しくもあり滑稽でもあり、飽きさせない。

花軍は桜の花枝などで打ち合う官女の遊戯であり、花競べあるいは花合わせともいって、二組に分かれ、持ち寄った花をくらべたり、花の歌を詠みあったりして競いあう遊びを意味することもある。この話には大坂の各所の名花が登場し、遊女たちと美しさを競う。その花園を前にして、大尽は気まぐれにいなくなる。いったい、なにゆえの大尽の振る舞いなのだろう。

絵は新町の揚屋、吉田屋の長縁。ずらりと遊女が並ぶ、その前にひとつずつ花桶があり、花が生けられている。

花競べより花祭

今日は大尽の竹六が、花競べの趣向で、いまが花盛りの太夫、天神を二十人も集め、そこへ大坂各所の名物の花を飾ってみた。お釈迦様の花祭でお寺が賑わう四月八日、花はいずれも初夏の匂いに包まれている。

野田の藤、生玉の若楓《わかかいで》、佐太の芍薬《しゃくやく》、浅沢のかきつばた、中津川の花菖蒲、御堂の白牡丹《ぼたん》、野里の美人草、玉造の二重芥子《ふたえけし》、木津の大手毬《おおてまり》、長町の薄花葵《あおい》、今市の樗《おうち》、中嶋の昼顔、天満の五月《さつき》躑躅《つつじ》、安部野の風車《かざぐるま》、森の早百合《さゆり》、三津《みつ》寺の夏菊《なつきく》、十三《じゅうそ》河原の撫子《なでしこ》、ひがし高津の橘《たちばな》、下寺町の卯の花と、これだけの花が登場する。

まず、「藤」といえば野田が名所。

「生玉の若楓」は、夏の生玉で青々と茂る楓の若葉を愛でたもの。

「佐太の芍薬」は河内の佐太天神（現在は守口市）の境内にあった芍薬の名花をさす。

「浅沢のかきつばた」は、住吉郡住吉村の浅沢沼がかきつばたの名所だったとの意。

「中津川の花菖蒲」の中津川は長柄川の異名。

「御堂の白牡丹」は、南御堂（難波別院）の境内が四季の花の名所で、初夏は白牡丹が咲いたことによる。

「野里の美人草」の美人草はひなげしの異名。西成郡野里村がその名所。

名物の花と遊女たち

「玉造の二重芥子」は、花弁が二重になった芥子。

「木津の大手毬」とは、紫陽花《あじさい》に似た小ぶりの花。西成郡木津村が名所だった。

「長町の薄花葵」とあるとおり、日本橋の南の長町は、花の色の薄い葵が名物。

「今市の樗」の樗とは梅檀《せんだん》の木。北河内郡今市村の淀川堤に、その名木があった。

「中嶋の昼顔」の中嶋は一般に三国川（現神崎川）と大川（淀川の旧本流）に囲まれた広域をさすが、詳細は不明。昼顔の名所があったようだ。

「天満の五月躑躅」は、ツツジの花が落ちてから開く五月ツツジで天満が知られていたとの意。

「安部野の風車」の風車は蔓《つる》性の落葉灌木。白や紫の大型の花をひらく。

「森の早百合」の森とは東成郡森村。百合の名所だった。「さ」は百合の接頭語。

「三津寺の夏菊」は島之内にあった三津寺の夏菊。初夏から夏にかけて咲いた。

「十三河原の撫子」は淀川の渡しがあった十三の河原で、撫子が名物だった。

「ひがし高津の橘」は高津神社からつづく橘の名所の高津町のこと。

「下寺町の卯の花」も初夏の代表的風物詩。白く咲き乱れる花が夏の雪などにたとえられた。

町の暮らしに季節の花がどれだけの潤いを与えていたかがよくわかる。

長縁で思い思いにくつろいでいるのは太夫たち。ところが、大尽の竹六の姿がない。花を集めるだけ集めておいて、舎利寺へ揚屋の亭主を連れて参詣に出かけてしまった。「あとは好きなように、名花の陰でうまいものでも食べながら、客なしの仲間遊びをすればよかろう」などと言い残し、なじみの太夫の雲川《くもかわ》もその場に置いていったので、座にどっと笑いがおきた。

二十人の太夫、天神を集めるのにどれだけの金銀をつかったか、そんなことにはおかまいなし。舎利寺の花祭の方に行くというのである。鷹揚な大尽ぶりも、ここまでくれば一同啞然、笑うしかない展開である。

元禄の太夫・大尽事情

そこへ、花を生けた手桶がふたつ、新屋の太夫から届いた。長縁の下でお使い役の禿《かむろ》の前にあるのが、それ。手桶の花の中に名の知れぬ草があり、皆が名を当てようとしていると、下男が茶引草《ちゃひきぐさ》と身《み》揚草《あがりぐさ》だと言った。茶引草はからす麦の異名だが、お茶を引くとは客がないという意味でもある。身揚草は初夏に花咲く灌木で、身揚りは紋日《もんび》*1に客のない遊女が自分で自分の揚代を払って休むとの意味。いずれも、遊女にとっては身につまされる名である。

せっかく大尽が思うままに遊べと言い残していなくなったというのに、座敷は急にしらじらとして、盃をとりあげる者もなく、小唄も途中でやめてしまった。

話はここから太夫たちが二人、三人と寄りあって、ひそひそとはじめた愚痴に移る。さらには、人目がない時の太夫の姿がどんなものか、今度は作者が語り手になって連ねていく。慎みをなくし、わがままいっぱいに振舞う太夫たちの座敷では見られない姿を見た客は、百年の恋もさめてしまうものである。中でも、客からの手紙を見せ合い、分不相応に見栄を張って遊女に尽くす客を笑い、その身代を値踏みして、金銀を出せるだけ出させて手を切る算段をする、遊女のむごい一面である。

禿と手桶の花

最後にうってかわって本文は、富士屋の吾妻という太夫の美談を紹介する。客に初めて会ってから、納得ずくで別れるまでに交わした手紙をひとつも粗末にせずに残し、人にも見せたりせず、別れたあとも相手の噂をすることもなかった。勤めを大事にして客の機嫌を損ねることなく、毅然とするところは毅然とし、遊廓を知らぬ田舎者でさえ、何も言わずとも太夫の名にふさわしい太夫に見えたという。

今どきの太夫は美しさは昔と変わらないが、しだいに柄が小さくなったと本文は嘆いている。一方で作者は、昨今の大尽は昔とくらべると粒が小さくなったとも書いている。元禄も後半になると、時代の風向きが変わり、遊廓の人々の柄も変わっていく。
ただし、そうした嘆きが西鶴の本音かどうかはわからない。嘆きもまた面白きこととして浮世の話の種にしてみせた、というのが本当のところではないか。西鶴の面白さは嘆きからは出てこない。少なくとも、それだけは確かである。

＊1　紋日……遊廓では五節句や毎月の朔日など特別な日があり、その日は遊女に休みが許されなかった。

〔西鶴の言葉〕

〔原文〕　花揃え卯月八日に定め、吉田屋の喜左衛門かたへ、色深き太夫天職を、二十人の大寄せ、越後の竹六《ちくろく》といふ男、かりそめにもこかまへなる事は嫌ひなり。六条の一日買いと申すも、この人はじめての都のぼりにせしとかや。

〔現代語訳〕　遊女の花競《くら》べの遊びを釈尊の花祭《はなまつり》＊2と同じ四月八日に楽しむと決めて、新町の揚屋の吉田屋喜左衛門方に、女盛りの太夫や天神を二十人集めたのは、越後の竹六《ちくろく》という大尽だった。たとえいっときでも細かいことが嫌いで、六条の一日買いといって、京都の島原遊廓が六条三筋町にあった頃、島原の遊女を総揚げしたのも、この大尽が初めて京に上った時の話だという。

金銀に糸目をつけずに遊ぶのが大尽というもので、少しでも惜しむ気持ちがあるのなら、もはや大尽と呼ばれる資格はない。となると、話は勢い豪気な方へ、華美な方へと向かってとどまるところを知らない。行き着く果ては、遊廓の遊女をみんな、一人の大尽がまる一日買い揚げてしまう「一日買いの総揚げ」である。一人の太夫の揚代だけでも七十二匁（約十二万五千円）かかる。貞享五年・元禄元年（一六八八）刊行の『諸国色里案内』によると、島原遊廓の遊女の総数は貞享四年（一六八七）で三百十六人。遊廓で遊ぶには、揚代だけではすまない。太鼓持ちや芸子も呼ぶ。

ご祝儀、酒食費、そのほか遊興にかかる一切の費用を払う。わずか一日の散財としては、桁がちがう。千両（約一億円）箱が何個も、あれよあれよというまに消えてしまうのである。

大尽の竹六が、遊女の花競べを仏教行事の花祭にかけて同じ日にするとは、人を食った話ではある。竹六が「たとえ月初めに鉄漿《おはぐろ》＊3を飲んでも、女郎衆は孕《はら》む時は孕みましょう。お釈迦様のように脇の下から生まれるのはあぶない、口から生むといい」などと言うのも、花競べと花祭の連想からきているのだが、竹六は結局、遊女遊びよりも寺参りを選んで遊廓からいなくなる。なんという大尽ぶりだろう。金銀にここまで無頓着になれるのは珍しい。これこそ粋の極みではないか。

＊2　花祭……釈迦の降誕を祝って行う法会。花で飾った小堂をつくり、釈迦誕生の尊像を安置し、甘茶を尊像にそそぐ。灌仏会ともいう。

＊3　鉄漿……通常は歯を黒く染めるのに用いたが、ここでは避妊薬として服用するとの意味。

第十話　箕面の勝尾寺参り〈『男色大鑑』巻八の五〉

紋合わせは恋のしるし

役者引き連れ遊ぶ西鶴

よぶ事態も珍しくない。男女の道と同様に、この道もまた生半可な手出しは怪我のもとである。

ここで紹介する『男色大鑑』の「心を染めし香の図は誰」は、作者の西鶴が大和屋甚兵衛という役者を誘って、箕面の勝尾寺に参詣した時の話という設定になっている。甚兵衛に恋を仕掛ける美少女があらわれるのだが、その仕掛け方が面白い。着物の紋が口ほどにものを言うのである。さて、この恋の顚末は……。

「心を染めし香の図は誰」は、『男色大鑑』の最後に収められた話。本文中だけでなく、絵の中にも西鶴が登場する。どれが西鶴かおわかりだろうか。

『男色《なんしょく》大鑑《おおかがみ》』は江戸時代に習俗として認知されていた男色をテーマに、貞享四年（一六八七）に刊行された。大坂・京都の二都同時出版で、再版からは江戸を加えた三都版が出回っている。『好色一代男』にはじまる一連の好色ものが評判になった時点での西鶴は、地元大坂の人気作者であったのが、『男色大鑑』の頃には全国区の流行作家になっていた。『男色大鑑』は好色ものの棹尾《とうび》を飾る作品でもあり、いろいろな意味で注目に値する。

前半は武家の衆道を題材にし、一部に町人社会と僧房の男色をとりあげている。後半は歌舞伎の若衆が主役である。当時の歌舞伎の世界では、美貌の若衆といえば女形、立役《たちやく》（主要な男役）を問わず、昼は舞台を勤め、夜は客の男色の相手をするのが習わし。思いをかけられれば、情けで応えるのが若衆の心意気であった。事と次第によっては命がかかる。これが武家社会なら、義理がからんで刃傷沙汰にお

西鶴自身が登場する

絵は西国二十三番の札所、箕面の勝尾寺に向かう参詣者の一行。見開きの絵の右側、前から二番目が作者の西鶴自身。頭を丸めた法体《ほったい》姿で、しゃらしゃらと歩いている。西鶴は延宝三年（一六七五）に妻が二十五歳で亡くなると、家業を手代に譲り、本格的に俳諧の活動をはじめた。西鶴三十四歳。剃髪して僧形となる、いわゆる法体になったのはこの時で、世間のしがらみを逃れるのと、俳諧師になるのとは互いに裏表であった。

すぐ後ろから来る男が、歌舞伎役者の大和屋甚兵衛。着物に「香」の字をあしらった紋所がついている。その他の男たちはお供のとりまき連中。勝尾寺でご開帳があるというので、西鶴が甚兵衛を誘って、この日の道中になったのである。

大和屋甚兵衛は道頓堀で座元《ざもと》*1を兼ねた立役の役者で、実在の人物。若衆だった頃は鶴川辰之助を名乗った。西鶴の俳諧の門人で、西鶴が四千句の大矢数*2を興行した時は役人として参加している。『野郎立役舞台大鏡』（貞享四年刊）では「女の好く役者で、男つきしゃんときれいなる生まれつき」と評され、女客に人気があった。

西鶴の一行

西鶴は高名な俳諧師で、門人も数しれず、芝居小屋、遊里などに出入りする機会も多かった。この日のような役者を引き連れての遊びもしばしば楽しんだのだろう。当時の寺社参詣は、遊びとの区別がない。絵の雰囲気も、西鶴と甚兵衛は懐手《ふところで》に風を切るような素振りで、寺参りというより芝居見物に向かっているようである。

一行が中津川（現在の新淀川）の船渡し（長柄の渡し）を越えて、北中島の宮の森というところで、ひと休みした時のことである。本文では、このあたりで駕籠をとめて、「煙草だ、茶だ」と言っている、とある。

その時、目の前に、年の頃は十五、六の美しい少女があらわれた。ここから話が急展開する。

＊1　座元……興行場の持ち主。この話の甚兵衛は二代目で、初代甚兵衛が創立した大和屋甚兵衛座を受け継いだ。

＊2　四千句の大矢数……延宝八年（一六八〇）五月七日午後六時より八日午後六時まで、西鶴は生玉で矢数俳諧を興行し、四千句を成就した。

香の紋所

恋の紋合わせ

見開きの絵の左側は、美少女とその一行。菅笠をかぶっているのが、くだんの少女である。そのいでたちの描写がなかなかに細かい。黒繻子《くろじゅす》の大振袖に宝尽くしの切付《きりつ》けというのは、宝にちなんださまざまな模様布を縫いつけた振袖の意。白綸子《しろりんず》＊3の帯は後ろ結びで、燕を刺繍し紫糸の網をかけてある。足元は絹足袋は水色、ばら緒《お》＊4の藁草履《わらぞうり》。緋紗綾《ひざや》＊5の腰巻が歩くたびにちらつく。髷《まげ》は落としがけといって元結を低くして掛け、透かし彫りの櫛、金銀を延打ちにした笄《こうがい》をさし、金糸の入った浅黄地の布を裏打ちした菅笠に紙縒りの紐を付けてかぶっている。

身につけるものひとつとして悪趣味なものがなく、少女のお洒落としては完璧であるという。富裕な家の育ちなのだろう。

同行するのは、まず絵（次頁）の右手に見える黒衣の女性が科負比丘尼《とがおいびくに》。良家の子女が犯した過失の科《とが》を身代わりになって引き受ける比丘尼である。嫁入り前の娘を宝玉のごとく大切に磨き上げ、わずかな傷も負わせないために、こうして付き添っているのである。左手には腰元。頭巾をかぶっているのは乳母だろうか。さらに駕籠を引き連れている。絵には描かれていないが、本文にはこの他、監督役の親仁、大脇差を腰にさした警護の若い男がいると記されている。

少女の着物に甚兵衛のものと同じ紋所が染め込んであるのに注目を。少女は甚兵衛と目が合うと上気して、着物の袖を返し、紋所を見せた。絵はまさに、袖を返したところである。これはいったい何のしるしか。

少女と科負比丘尼

少女のお供と駕籠

少女はそれから「もだもだ」として足も立たず、夷《えびす》神社のある西宮から駕籠に載せられて勝尾寺へ向かった。勝尾寺でまた甚兵衛とめぐりあい、坊主のありがたい話も耳に入らず、甚兵衛の顔ばかり、ありがたそうに見つめる。

少女は甚兵衛に懸想《けそう》していた。そこで、お慕い申し上げますというしるしに、相手の紋所を自分の着物に染め込んだ。当時はよくある恋心の表現法で、それだけでも満足なのだが、首尾よく紋所を見てもらえれば、気持ちが相手に通じるとの期待もあった。

ところが甚兵衛は衆道の人だった。その道であれば命も惜しまないが、甚兵衛はもとより一行は揃って女嫌いの洒落仲間なので、少女のことはなんとも思わず山を降り、その夜は俳諧を催して楽しんだ。帰りは色目をつかった少女に出会ったのをうるさく思い、天満川で身を清め、女を見た目を洗い流して、みんな道頓堀へ戻っていった。

衆道とはなかなか潔癖なものである。『男色大鑑』に登場する歌舞伎若衆たちは、昼は役者を勤めながら、夜は遊女と同様の境遇となるのだが、いったんこのお方と決めたら、心は揺るがない。そのために命を縮めても悔いはなく、世間を捨てて出家するのもいとわない。『好色一代男』に登場した太夫たちが現実離れした理想的な遊女として描かれたのと対をなしている。どちらも虚像にはちがいない。しかし、すべてが虚像だったとも言い切れない。一分の真実がまじっていると思われる。

ちなみに、今回の話を真に受けるなら西鶴自身も衆道の人だったとなるが、そうだったかもしれないし、ちがっていたかもしれない。女色、男色いずれにも深い理解を示した作者であったのだけはまちがいない。それだけ感じとれれば充分だろう。
＊3　白綸子……経《たて》・緯《よこ》とも生糸を用い、製織後に精練した、白い染生地。
＊4　ばら緒……細い緒を集めてつくった華奢な鼻緒。
＊5　緋紗綾……紗綾の形の地紋がある緋色の絹織物。

少女の着物の香の紋所

〔西鶴の言葉〕

（原文）　この道私《わたくし》ならず三国のもてあそび、天竺《てんじく》にては非道といふもをかし。震旦《しんだん》にては押甎《あせん》とたはぶれ、我が朝にては衆道専《もっぱ》らに栄《さか》んなり、女道あるによつてうつけし人種つきず。願はくは若道《じゃくどう》世の契《ちぎ》りとなし、女絶えて男島と改めたし。夫婦喧《いさか》ひ聞かず、悋気《りんき》治まり、静かなる時にあふべし。

（現代語訳）　この道は作者のみの関心事ではなく、インド・中国・日本の三国に広まる遊びである。インドで非道と呼ぶのは滑稽だが、中国では押甎《あせん》という名の戯れごとで、日本では衆道といってたいへん盛んである。女色があるから愚か者の種が尽きないのだ。願わくば男色をこの世の約束として、女を絶やして日本を男島にあらためたいものだ。そうすれば夫婦の諍《いさか》う声を聞くこともなく、嫉妬も治まり、静かな時代になるだろう。

「心を染めし香の図は誰」の末尾のくだりで、これが『男色大鑑』全体を締めくくる文章にもなっている。女を絶やして男だけの日本になればよい、とはどこまでが本気だろうか、などと問いかけるのも野暮なこと。衆道の立場を突き詰めれば、たしかに結論はこうなる。極論は滑稽に通じる。おそらくは俳諧的ないたずら心が、筆の弾みとなったのである。

同じ『男色大鑑』で西鶴は、病床の少女の願いをかなえて一夜の契りを交わす心優しい若衆、平井しづまの逸話を書いている（巻五の二「命乞いは三津寺の八幡」）。衆道も女色も同じ色の道である。平井しづまも実在の歌舞伎若衆だ。道頓堀の塩屋九郎右衛門座に属して、美色をもって鳴ったという。

第十一話　新町と米市場〔『西鶴置土産』巻一の三、巻四の三〕

目の覚めない人々

相場が上がれば廓が儲かる

『西鶴置土産』から二話をまとめて紹介する。

まず、『西鶴置土産』より「嘘もいい過ごして契りの亥《い》の子《こ》餅」は、新町遊廓の遺手の婆が太夫を教育する話。いかにして客から金銀をひきだすか、その手管を微に入り細に入り、太夫に仕込むのである。

同じく「恋風は米のあがり局《つぼね》にさがりあり」は大尽遊びの今昔くらべといった内容。昨今は客の粒が小さくなり、かつてのような豪気なお大尽遊びは少なくなったというのだ。

『西鶴置土産』の刊行は元禄六年（一六九三）。奔放な大尽遊びの逸話であふれた『好色一代男』の刊行は天和二年（一六八二）で、それからおよそ十年が経っている。長者伝を集めた『日本永代蔵』が刊行された貞享五年（一六八八）からは、五年である。そのあたりから風向きはしだいに変わり、『西鶴置土産』の頃には、本物の大尽は新町でも数人といわれるほどに減ってしまった。活況の時代は終わろうとしていた。元禄の後半は、それまでの好景気の恩恵を消費していく時代でもあった。

西鶴は『西鶴置土産』刊行の年の八月十日に、数え年五十二歳で病没している。辞世の句は「浮世の月見過しにけり末二年」。人世五十年というのに浮世を見過ごし、二年余分に生きてしまったというのである。紹介の二話は、遺稿となったこの作品集の中でも、とりわけ晩年の西鶴らしい淡々と浮世のさまを描く目線が生きている。金銀と色事の浮世の果てに、待っているものは……。

大尽と太夫

引船（左）と禿

だまされてもだまされても

見開きの絵の右側は『西鶴置土産』より「嘘もいい過ごして契りの亥の子餅」の挿絵で、新町遊廓の揚《あげ》屋《や》、京屋の座敷。置頭巾《おきずきん》をかぶり、脇差をさし、奥に座っているのが、源《みなもと》と呼ばれる北浜の大尽。毛抜きで髭を抜いている。その横には新屋《あたらしや》の金太夫《きんだゆう》。続いて引船《ひきふね》が片膝立てて座り、さらに禿《かむろ》が控えて座る。引船、禿は太夫につきしたがって用を足す遊女。

大尽の右手に居るのは太鼓持ち。その斜め前で両手をついているのが、京屋の亭主で、主人に向かって身を乗り出しているのが、遣手の婆の久米《くめ》である。久米の指図で京屋の亭主は、太鼓持ちに大尽への用件を伝えている。おのずと話は大尽の耳にも届く。

遣手の婆は、遊女あがりの女が最後に勤める仕事といえる（第三章第八話参照）。遊女の年季があけても、そのまま遊廓に居つき、遊廓の裏表を知り尽くした年になって婆となる。この話では、太夫の教育係として、客から金銀を引き出す手管のあれこれを教えている。それというのも、昨今の客は以前とちがってせちがらく、大尽の名よりも金を惜しみ、難癖をつけて出費を渋ることすらある。

婆の久米は、そんな客の心を見透かしている。太夫を正月に買い切るには金がかかる。馴染みの大尽が言い訳をして逃げる前に先手を打つため、座敷で京屋の亭主に「大尽さまにおそれながらお願い事が」ともちかける。聞いていた大尽が「一分金《いちぶきん》（約二万五千円）でもほしいのか」と言うと、婆はすかさず亥の子餅の米（第二章第三話参照）を無心、大尽がそれくらいならと承諾すると、婆は正月の餅米まで勘定に入れて六石五斗[*1]と申し上げ、大尽が紙入れ[*2]をぽんと投げ出すと、亥の子餅の分はもちろん、正月までのほかの行事の費用もせしめる。そのうえ、太夫の正月買いまで大尽にうんと言わせ、京屋の亭主も喜んで大尽をおだてにおだてる。

ここまででも久米の遣手の婆ぶりは相当なものだが、じつはここからが久米の本領発揮。大尽の気が変わり、太夫に難題をふきかけて正月買いを取り消そうとしてくるのを読んで、太夫に知

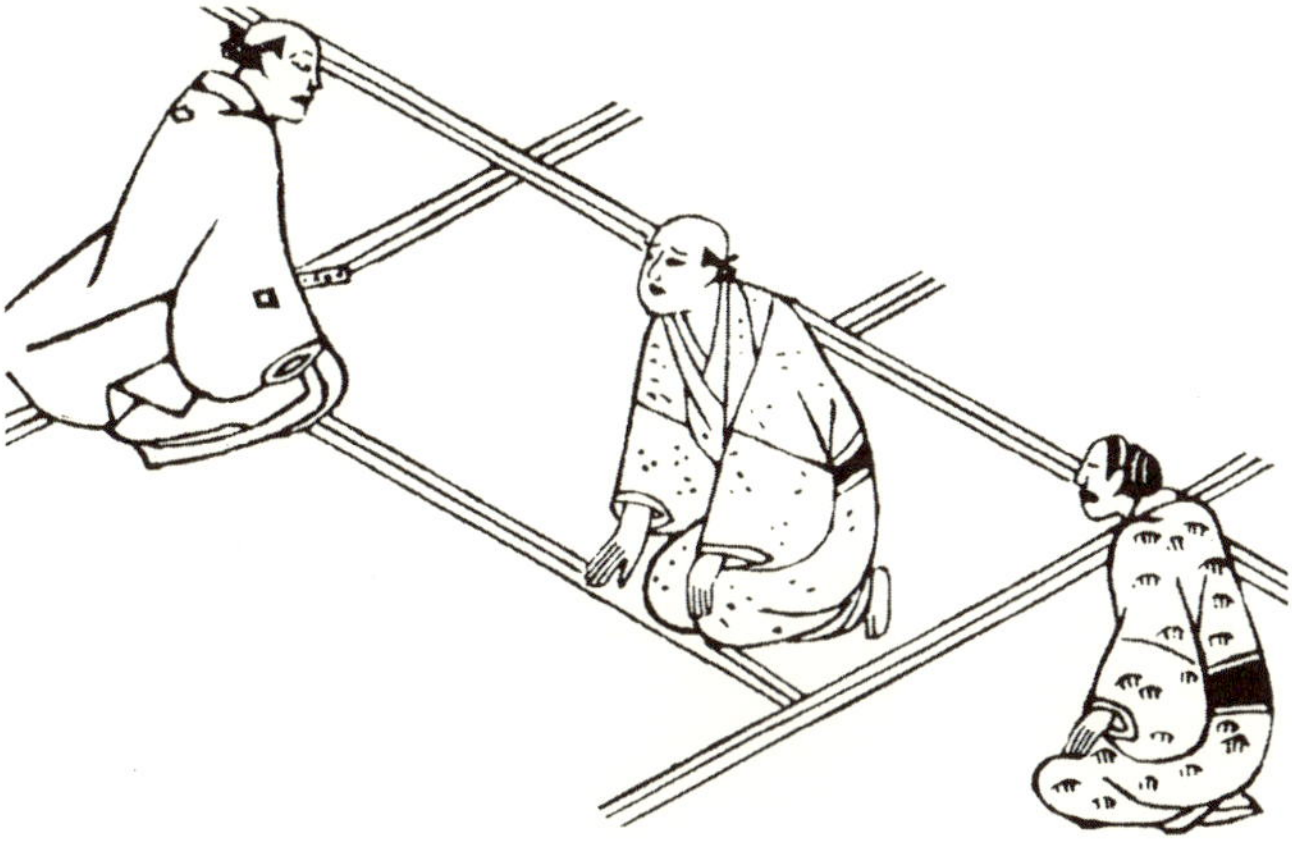

（左より）太鼓持ち、亭主と鑓手の婆

恵を授ける。大尽が何か言い出しそうな頃合をみて、太夫の方から「田舎のお客に、指を切ったら身請けして＊3国許へ連れて帰ると言われました。久米も、小指ひとつで身請けの費用も借金もすべて片付けてもらえるのだからありがたい、ぜひ指を切れと薄刃包丁をあてがいます。嫌な男に知らない国へ連れられるのはいや。けれど私も新家の金太夫と呼ばれた女、好きな男のためなら命がなんの惜しかろう」と泣きついた。これで大尽はころりと参り、「おれがいる、嫌な客は追い払え」と見栄をはり、正月買いの返上どころか、反対にほかの費用もすべて引き受けるはめになった。

北浜で源と呼ばれたその大尽も、もともと本物の粋人には遠い、もろい身代だった。久米におよそ二百貫目（約三億二千万円）をつかわされたのを機に、あちらこちらから同様にまきあげられて、四、五年のうちにすっからかんになってしまった。今では口入屋の走り使いをして、妾奉公の女の着替えを持ってお供をする身である。そんな境涯になっても、紙一枚くすねるようなさもしさがないのは、大尽だった昔の名残であった。

話はまだ続き、金太夫の新しい客となった今橋の大尽が、落ちぶれた北浜の大尽と出会う。今橋の大尽がそれで目が覚めたかというと、もちろん覚めないのである。

＊1　六石五斗……一人が一年間に食べる米の量が一石だから、ずいぶんな量である。

＊2　紙入れ……鼻紙入れ。紙だけでなく金銀も入れて、持ち歩いた。

＊3　指を切ったら身請けして……小指を切るのは心中の誠を示す証し。心を確かめたうえで身請けしようとの意。

大尽の時代の終わり

見開きの絵の左側は『西鶴置土産』より「恋風は米のあがり局にさがりあり」の挿絵で、米市場の風景。米市場は元禄十年（一六九七）に堂島に移転するが、この作品が書かれた頃には北浜にあった。

米問屋の前で、手代たちが米の値段をめぐって取引の真っ最中。互いの手を交差させているように見えるのは、指のサインを符丁にして交渉しているところ。路上で取引をするのは、屋内では建物の柱で見通しがわるく、離れた人の指の符丁が見えにくいからである。

手代たちが腰にさしているのは、米刺し。米俵にこれを刺して品質を検《あらた》めるのに使うのだが、脇差のようにさしているのは、米商人の魂というような意味か。手代たちは遊廓に繰り出すときも、脇差代わりに米刺しを腰にさしていくのである。

米刺しの商人たち

絵で片肌脱いだ男たちが水をまいているのは、今日の商いの終わりを知らせる合図。米市の水まき風景は、のちに『摂津名所図会』や広重の『浪花名所図会』でさらに大胆な構図で描かれ、よく知られるようになった。

絵は、〔西鶴の言葉〕で紹介する米市の若い者たちが色里へ繰り出す逸話のために描かれた。若い者とは、市に出て米取引にあたる手代たちをさす。逸話は手代たちの思惑はずれの滑稽さを笑っているのだが、さらに続く逸話のどれもが、昨今の客の分不相応な遊びぶりを描いている。色里の遊びは本来、金銀のあり余った本物の大尽がするもの。わずかな身代の商人や職人が、奉公人や弟子をこき使い、ふだんは爪に火を灯すような倹約をしていながら、色狂いをする客がいるのは情けないと嘆いてみせる。

色里の方でも揚屋の亭主は、客のふところ具合を読んで、お目当ての遊女に会わせない。しまいには客の方から頭を下げて頼むしまつ。揚屋の支払いのために苦しいやりくり、果ては家財を質入れ、怪しげな借金までこしらえる。色里で遊びながら、大尽なら口にしないはずの暮らし向きの愚痴をこぼし、遊女に同情される。そんな客が増えたのは、皆が分際を超えた贅沢を楽しもうとするからだ。ともかく本物の大尽がいなくなった時代だと、最後まで嘆きは続く。
昔は刀友《とうゆう》という大尽が、新町の太夫の妻川に一度に三十枚の着物をつくってやり、布平《ふへい》という大尽はやはり新町の太夫の小太夫《こだいふ》に金の櫛箱をやった。苫《とま》という大尽は別荘を売った金、四十五貫目（約七千二百万円）をそのままかつがせ、歌舞伎役者の吉田十郎兵衛の家でまき散らしたなどという真似は、当節の大尽にはできない。かつての鷹揚な大尽遊びが偲ばれるというのである。

『西鶴置土産』刊行の年に、西鶴は死去。それから十年後の元禄十六年（一七〇三）、近松門左衛門の『曽根崎心中』が道頓堀で大当たりになる。堂島新地の遊女お初が手代の徳兵衛と心中した実際の事件を浄瑠璃にしたもので、以後、心中ものの芝居が流行する。近松の作品にはもう大尽は出てこない。

水をまく男

宝永二年（一七〇五）には富商の淀屋の五代目、辰五郎が豪奢な暮らしぶりを咎められ闕所《けっしょ》となる。

大尽の時代はもはや終わり、享保九年（一七二四）には近松も死去。享保元年（一七一六）には徳川吉宗が八代将軍になっていた。質素倹約を旨とする享保の改革へと、時代は大きくさま変わりしていた。

〔西鶴の言葉〕

（原文） 大坂の色さわぎ、天職より十五《かこい》まで買ひあげ、陰子《かげこ》のはやるは、北浜の若い者のいきほひばかりなり。雲にしるが出来て、雨のふりしこるあとは風と見定め、てんぽに手をうち、おもひ入れの米買ひ、一時《いっとき》あまりに立ちつづき、目ふるあひだに二匁あがれば、後はしれねども利を胸算用にして、昼から駕籠のはやる事、三百挺《ちょう》あまり悪所へのりこめば、俄《にわか》にもらひにありき、または不断隙《ふだんひま》なる女郎の仕合せとなり、揚屋《あげや》次第にやかましく、いよ〳〵雨の宮・風の神をいのりけるが、その夜に入りて空はれて、青雲しづかに月出《いづ》れば、いづれもいひ合せたるやうに、小歌・三味線もやめける。心を付けて俄大臣の顔つきども見る程をかし。

（現代語訳）　大坂の色遊びで、太夫から天神、鹿恋《かこい》まで遊女がみな買われ、陰間《かげま》まで流行するのは、北浜の米市の若い者の勢いがあるからだ。雲にたまった雨がひとしきり降ったあとは大風が定めとでもいうように、ままよと手を打ち、米を買いにまわって二時間あまりも相場に立つうち、またたく間に二匁（約三千二百円）上がれば、あとの相場はわからずとも胸算用で儲けを見越し、昼間から駕籠が三百あまりも色里へ繰り出す。揚屋はあわてて他の客に揚げられている遊女を譲ってもらいに歩く。ふだんは暇な遊女も忙しくなる。揚屋はしだいに賑やかになる。そうして皆が、思惑どおり雨が降り大風が吹くのを祈るのだが、どうしたことか日暮れて空は晴れ、静かな雲に月が出る。するといずれの揚屋でも申し合わせたように小唄、三味線をやめてしまう。しっかりとにわか大尽どもの顔つきを見るといい。あれほど、おかしなものはない。

大坂の北浜は諸国の米相場を動かす米市場が立った。大商いが日々富を生む場である。投機に走らず、腰をすえた商いに終始する商人が多いが、なかにはそうでない者もいる。相場の上下に一喜一憂するのが高じて、買いにまわって二匁（約三千二百円）上がれば、もうひと儲けした気になって色里へ繰り出したりもする。駕籠がどっと出て、揚屋でも迎えの準備に大わらわ。ところが、そんな時に限ってあてがはずれるものなのだ。揚屋も、さっと手のひらをかえす。

じっさいの米の売買を行わず、帳簿だけで金を動かし、利ざやをかせぐ者を空売り商人と呼んで、まともな商人とは見なさない風潮が当時はあった。相場でにわか大尽になって色里に乗り込む若い商人たちは、決して心から歓迎されていたわけではないのだ。

第十二話　冥途への旅〔『諸艶大鑑』巻八の五〕

色里のうつつと幻

最後は太夫たちの艶競べ

色事で身を滅ぼしていく男女を好んで描いた西鶴だが、初期の浮世草子は少し趣がちがっている。処女作の『好色一代男』は主人公、全編を世之介の明るい放埒さが支配しているし、二作目『諸艶大鑑』は『好色二代男』と副題にあるとおり、世之介を継いで色の道をきわめる男、世伝《よでん》を主人公にしている。世伝は色里の闇を語る男。さらには、夢うつつの遊興の中に冷ややかな現実を見る男でもあった。

だから『諸艶大鑑』は明るさと暗さがあいなかばしている。ここでとりあげる「大往生は女色《じょしき》の台《うてな》」は、結末にあたる話だが、したい放題の遊蕩の最後に大坂の新町に遊廓に舞い戻ってきた世伝は、いつまでも色里の闇に迷うのは愚かなことと悟ってしまっている。主人公がそんな境地に至っては、もはや話を続ける余地はないのだが、そこから先は世伝が死んでしまって、あの世への旅路に向かうという趣向になり、あろうことか、かつてのなじみの太夫たちの霊とばったり遭遇する。「大往生は女色の台」の題名とおりの華々しい舞台が用意されていたのである。「台《うてな》」は四方を見渡す高殿の意。

この話、『好色一代男』の世之介が話の末尾で女護島《にょごがしま》に出奔していくのと似ているようでちがう。死出の旅路で出会った太夫たちは現実の世界の住人ではなく、過去の国から来た幻だ。幻は現実よりも完璧である。それを見て浮かれる世伝の姿を面白がるか、あきれはてるか、そのほか何をどう思うかは、まったくもって読者にゆだねられている。

ゆふぎり
あづま

太夫十二人の御来迎

絵は大往生した世伝が冥途へ旅立つ途中、世を先立った太夫たちが菩薩の姿で出迎えにあらわれた場面。臨終の際、仏と菩薩が雲に乗って迎えにくる御来迎をもじって、好色二代男の末尾を飾るにふさわしい艶競《つやくら》べを描いてみせた。

絵（次頁）にあるとおり、菩薩となった太夫たちが雲に乗ってあらわれる。玉琴を奏で、三味線で投節《なげぶし》を唄い、黄金の盆に銀の燗鍋をのせ、七宝の菓子盆、青磁の香炉、簪《かんざし》の花の枝など携えている。

玉を散りばめた段梯子を上がると、遊女たちの姿がひと目に見渡せる四方明かりの大二階があった。これこそが題名どおりの女色の台《うてな》である。

絵の遊女たちにはすべて名前が記されている。

本文では、座り姿の吉野、男伊達を装う和泉《いずみ》、しとやかな吾妻《あづま》、身のこなしなら三夕《さんせき》、風流気質《かたぎ》の小太夫、情け顔の夕霧、美しさでは半太夫、ぱっと華やかな和州、静けさが貫禄の長門、風情ゆたかな大橋と、一人一人の美点を愛でて、これだけの面々を一座に揃えて見るのは、浮世ではとてもかなわぬ夢。死んでしまえば、もう金銀もいらず、紋日もかまわず、思うときに太夫と会えるとは、死後の楽しみは限りを知らぬという一語で話は終わっている。

絵では右から、夕霧、吾妻、半太夫、三夕、長門、越前、和泉、瀬川、小太夫、吉野、和州、大橋の各太夫。本文の顔ぶれにさらに二人を加えて描いたのは、絵師の趣味の反映か。

ともあれ、太夫たちとの死後の再会が華やかに艶やかに描かれるほど、世伝の生前の所業に影がさす。痴話喧嘩をしかけては涙の湯玉を流させ、心を疑って毎日刻付けの手紙*1を届けさせたりもした。情夫をしては寒夜に裸で待たせ、隠したいことまで語らせ、あげくに紋日も知らぬふりして、親方にないしょの借金までさせた。書かせた血書きの誓書は数えきれず、はがさせた爪、切らせた指は剣の山を見るようである。となれば、「親の世之介から引き続いて色道の二代男と噂さ

太夫たち（左側十人）

れてみたものの、とくにこれということもない。今まで心をしたがえた遊女の執念も「おそろしい」という感慨もうなずけるというものだ。

遊廓というものがあった遠い昔の話、現代とは縁がないお伽話のような世界と思われるかもしれない。あるいは封建的な女性差別を背景にした男性のエゴの物語と、眉をひそめる方もおられるかもしれない。確かに現代の感覚では割り切れない話ではある。しかし、『諸艶大鑑』全八巻四十話を読み通したあとに残る味わいは、割り切れなさを超えて、人間性の不可思議さに触れるところからくる。「人はばけもの、世にない物はなし」とは『西鶴諸国ばなし』の有名な言葉。人間にはどんなことでも起こりうる。そこが面白い。興味が尽きない。

絵（次々頁）で三角巾を頭に、手を合わせているのが世伝。雲の下でひらひらしているのは、遊女からの手紙だろう。世伝は三十三歳。色の道を追い求めて、ついにこれを限りと思い切り、たまった誓紙や切らせた指や黒髪や、そのほか情けのこもった種々《くさぐさ》を供養して、あり金は一文残らずつかい捨て、どことも定めず家を出て、ススキの名所で知られた京都の入野というところに出た。荻の原に火をつけて、交わした遊女の手紙を積み重ねて煙の中で合掌していると、眠るように臨終の時が来て、空に五色の雲がたなびき、一分金（約二万五千円）の花が降ってきたという。

ちなみに世伝が大往生したのは三月十五日、しかも弘法大師の八百五十年忌の年とあるので、貞享元年（一六八四）三月十五日が亡くなった日になる。享年三十三歳。『好色一代男』の世之介が女護島に旅立ったのは天和二年（一六八二）十月の末、六十歳の年だった。世伝は女護島の世之介から色道の秘伝書を授かって、まもなく大往生したことになる。二人の生涯は重なる時期が多かったが、世伝は世之介の半分しか生きなかった。二代目は初代の血を継ぎながらも、えてして同じ道を歩まないものかもしれない。

＊1　刻付けの手紙……短時間で届く早便の手紙。封皮《ふうひ》に発信の時刻を記してある。

〔西鶴の言葉〕

（原文）　したひ事して二十年の夢。春は花、秋は月、気付けは人参、女郎くるひは銀《かね》の浮世。本朝の色所《しきしょ》のこらず遊廻《ゆうかい》して今ここに、難波《なにわ》の色町、夜見世の風景、またくらべて似たといふべき所もなし。松梅鹿《しょうばいか》、懐 案内《ふところあんない》にても、なかなか知れがたし。古文真宝《こぶんしんぽう》なる貌《かお》つきせずとも、千三百余人の姿を見るべし。遊山ぎよつとして、阿房《あほう》もかしこきも出る。揚屋北に構えて、近ふして西に九軒町、二川《じせん》溶々《ようよう》として、鼬堀《いたちぼり》長堀《ながほり》流れ入る。一歩に局《つぼね》、十歩に太夫格子。大溝《おおみぞ》の漲《みなぎ》るは、呑みさし棄《す》つる雫《しずく》なり。煙の口に横たはるは、香《か》ほり煙草のから。

（現代語訳）　したいことばかりして二十年間、夢のような日々を過ごした。春は花、秋は月、元気づけには高麗人参、色里遊びには金がいるというのが浮世の定め。日本じゅうの色里を残らず遊びまわって、今また大坂の新町遊廓に戻ってきたが、ここの夜見世の風景に似た場所はほかになかった。『松梅鹿《しょうばいか》』『懐 案内《ふところあんない》』などの遊女評判記でも、なかなかわからない。まじめくさった顔つきをせずとも、新町の遊女千三百余人の姿を見るといい。遊びっぷりの賑やかさに、阿呆も賢い者も繰り出す。新町の揚屋は北向きにかまえ、西口の大門近くにもっとも栄えた九軒町がある。立売堀《いたちぼり》と長堀の二川がゆったりと遊廓の南北を流れ、一歩で局女郎《つぼねじょろう》のいる屋《おく》に至り、十歩で太夫のいる格子に至る。大溝の流れがみなぎっているのは、呑みさしを捨てる酒の雫を集めたため。

太夫たち（右側二人）

世伝の大往生

煙が口に横たわっているのは煙草を吸った名残だ。

『諸艶大鑑』に登場する色里は、大坂の新町、江戸の吉原、京都の島原、伏見の撞木《しゅもく》町、堺の乳守《ちもり》、大津の柴屋《しばや》町、奈良の木辻《きつじ》、長崎の丸山と、諸国に散らばっている。西鶴の生涯についてくわしくはわかっていないが、旅行好きだったのは確かなようだ。浮世草子を書き始めた頃はすでに高名な俳諧師で、門人も多数抱え、各地の色里の評判や噂を耳にする機会も少なくなかっただろう。

色里での遊びは身代を食いつぶす。場合によっては命も落とす。暗い穴がぽっかりあいているからこそ、魅せられる。金銀をつぎこめばつぎこむほど、やめられなくなる。日本じゅう見渡して、そんな危うい匂いで人を引きつける場所はなんといっても大坂の新町だという。じっさいそこで遊んでみた者でなければ、わからない魔力があったのだろう。当時は遊女評判記の類が多く出版されたが、百聞は一見にしかずだと『諸艶大鑑』は説く。

延宝年間（一六七三〜一六八一）には新町に千三百余人の遊女*2（『諸国色里案内』）がいて、そのうち二十五人が太夫だった。これだけ多くの遊女が艶を競い、日々この世ならぬ楽しみが繰り広げられた新町の繁華ぶりを描いて、文章に勢いがある。遊廓の下水の溝が捨てられた余り酒であふれ、大門のある出入り口をふさいで煙管の煙がもうもうと横たわるなどと、大げさな物言いに滑稽さとはかなさが入り混じった味がある。大坂で生まれ、町人の町の空気を吸って育った西鶴が、数ある諸国の色里でもっとも活気あるところとして描いたのが新町だった。

＊2　新町に千三百余人の遊女……貞享年間（一六八四〜一六八八）の新町の遊女の総数九百八十三人（『諸国色里案内』）、元禄十四年（一七〇一）は総数八百余人（『傾城色三味線』）で規模が縮小していく。

愛すべし椀久
『椀久一世の物語』下巻の六

ある日突然、十二億円の遺産を相続、なんでも好きにつかえる。さて、どうする?

貞享二年（一六八五）二月刊行の『椀久一世の物語』は、実話をもとに問いに答える。堺筋の椀屋《わんや》久右衛門こと椀久《わんきゅう》は、延宝六年（一六七八）、二十七歳の春に父の遺産七百六十貫目（約十二億千六百万円）を相続し、わずか四、五年のうちに新町遊廓で太夫を相手に蕩尽しつかい果たした。その後は家屋敷を売り払い、気が触れ、乞食に落ちぶれて、ついに出家した。ある時、大川筋で島原の遊女を身請けして国許へ連れ帰る田舎大尽の苫船《とまぶね》を見て、何を思ったか役者の真似して六方《ろっぽう》を踏み、遊女の名を問うた。大尽と口論となり、椀久が竹杖を抜いたところで、船頭に水馴棹《みなれざお》で川にたたき落とされ、そのままあえなく水死してしまった。貞享元年（一六八四）十二月のことである。大尽の船にいた遊女は、椀久がかつて思いを交わした太夫であった。絵は「粋は水で果てる身」より、川に落ちた椀久である。

色遊びの果ての椀久の悲劇的な死は当時、たいへんな話題になり、浄瑠璃、歌舞伎で次々と上演され、常盤《ときわ》津《づ》や長唄にもなって流行した。中でも西鶴『椀久一世の物語』は、死後わずか二か月で刊行された。「細緒の奈良草履をはき横ひねりに歩く姿が、今でも目にうかぶ。その人は三十三歳の年の暮れに、夢のように逝ってしまった。定紋の扇車《おうぎぐるま》も、無常の風を思わせる」とは話の末尾の一節。西鶴は生前の椀久をよく知っていたにちがいない。遊蕩で身をほろぼす愚かさもふくめて、西鶴は椀久の悲劇にある種の共感をおぼえていたのだ。執筆から刊行まで二か月の異様な早さも、そう考えれば納得がいく。

川に落ちた椀久

あとがき

謎めく西鶴

いつから西鶴を意識しだしたのだろう。もともと一人でひそやかに楽しんで読んでいた。芭蕉、近松とならぶ江戸時代の三巨匠とか、日本の小説家のルーツとか、矢数俳諧チャンピオンとか、教科書の有名人とか、いろいろ呼称はあるけれど、読む理由は何よりもまず面白いからだ。

はじめは芭蕉や近松の方に目が向いていたのだが、いつの頃からか西鶴になった。なぜかといえば、どうして西鶴がそんなに面白いのか、よくわからなかったからだ。わからない、つまり謎がある。謎めいているから、そそられる。もうちょっと読んでみようか、考えてみようか、となる。

こういう楽しみは、なかなか他人と共有できるものではない。何がそんなに面白いのか説明できないのでは、会話にならない。だから、ずっと一人でひそやかに読んでいたのである。

そのままでも別によかったのだが、ある日、気が変わった。伏線は『大阪の教科書』（創元社）という本にあった。大阪検定公式テキストとして刊行されたこの本で筆者は共著者になり、文学史のコーナーに一文を書いた。大阪で文学といえば、西鶴ははずせない。書いたあと、もうちょっと西鶴について書きたいと思った。

なぜかといえば、あいかわらず西鶴は謎めいていたからだ。

そもそも西鶴は、なぜ浮世草子というような独創を思いつけたのか。
この問いに納得のいく答えを与えてくれた本には、今のところ出会っていない。膨大な文献の一部に目をとおしただけだけれど、果たして明快な解答を打ち出したものはあるのだろうか。いつまでも謎めいたところがあるものほど、奥が深い。そのぶん読み返す楽しみがある。良さは簡単にはわからない。古典になって残るのは、そういうものが多いのだ。西鶴はその最たるもののひとつだと思う。

前口上にも書いたけれど、西鶴は名前が知られているだけに、読まなくてもなんとなく知ってるつもりの方が多いような気がする。あるいは先入観を抱いたままで、読む気をなくしてしまった読者も、世の中には少なからずいるのではないか。だとしたら、もったいない話である。

というようなわけで、西鶴の本を書くと決めた。

ただし、筆者は国文学の専門家でもなければ、文学の評論家でもない。だから、自分なりの方法で書く。挿絵と本文の両面から、大坂の当時の風俗や人々の心情を読み解いていく。これまで書いてきた「むかし案内」シリーズのやり方で、西鶴の魅力を伝える本を書こうと決めたのである。歴史や地理を切り口にしてきた「むかし案内」で、文学は料理できるのか。前口上にも書いたとおり、歴史と文学はきょうだいだ。地理と文学には地誌という境界ジャンルがある。横断的に見渡せば、新鮮味が出るのではないか。

本書が、舞台は大坂、主人公は町人という作品を選んで素材にしているのは、そうした方法を選んだ結果である。じっさいに西鶴が書いた舞台は江戸や京都、長崎など諸国に散らばっているし、武士を主人公にした作品も少なくない。関心のある読者は、ぜひほかの西鶴作品にも触れていただきたい。

面白がるところから

本書が西鶴について、あるいは大阪や江戸時代の暮らしについて、関心を深めていただくための案内役をどれだけはたせたか。どこまで魅力を伝えられたか。一冊書きあげてみると、まだまだ足りないところがあるように思えてくる。もしかしたら、いつかまた西鶴を書く時が来るのかもしれない。わからないけれど。

わからないといえば、はじめはわからないことだらけだった。

たとえば、小西甚一『日本文学史』の次の一節である。

「西鶴の手法は、計算された平衡よりも、前置きと本題との間に設けられた『しくみ』がパッと解ける味に焦点を合わせるものであり、その基づくところは、俳諧付合《つけあい》の手法であったろう。談林俳諧の闘将として多年活躍してきた西鶴が、その呼吸を浮世草子に持ちこむことは、むしろ当然だといってよろしい」

ここでいう俳諧付合の手法とは、「付きすぎず離れすぎず」に次々と句を付け合っていくという俳諧の基本をさしているのだが、こういう知識を得たからといって、ああ、浮世草子は俳諧のテクニックを流用したのかと、わかったつもりになるのは、あやうい。実感をともなわない知識では、すくいとれないものがある。筆者の場合も、「わかったつもり」から、ほんの少し前に進めたかな、と思えるようになるのに、かなりの時間がかかった。

それまでは、わからないまま西鶴を面白がっていた。西鶴は面白い。それだけはわかっていた、と思う。それが西鶴のわからなさをあきらめずに追いかける原動力になった。すべては、面白がるところからはじまった。

本書を書こうと決めたのも、結局は、自分が面白いと思うことを、ほかの人たちにも面白がってもらえたらという心からである。

富岡多恵子『西鶴の感情』からは、いろいろ刺激と示唆を得た。太宰治「新釈諸国噺」のはしがきには目を見張った（閑話五参照）。前述の小西甚一『日本文学史』にも西鶴の項目で教えられた。ほかにも西鶴に関する資料を数多く読んだ。執筆に直接関わるものしか巻末の参考文献に挙げなかったが、西鶴研究の裾野の広大さには大きな可能性を感じた。

執筆にとりかかってからは、放送大学の杉森哲也教授に貴重なご指摘をいただき、文献も教えていただいた。創元社の松浦利彦さんからは、つい力が入りすぎる筆者に的確な助言をいただいた。気配りのきいた編集でもお世話になりました。心より御礼申し上げます。どうか、この本が読者にとって面白い本になりますように。

二〇一一年一〇月

本渡　章

参考文献

※事典・辞典の類は省略した。

『新編日本古典文学全集66　井原西鶴集1』暉峻康隆・東明雅校注・訳、一九九六年、小学館
『新編日本古典文学全集67　井原西鶴集2』宗政五十緒・松田修・暉峻康隆校注・訳、一九九六年、小学館
『新編日本古典文学全集68　井原西鶴集3』谷脇理史・神保五彌・暉峻康隆校注・訳、一九九六年、小学館
『新編日本古典文学全集61　連歌集　俳諧集』金子金治郎・雲英末雄・暉峻康隆・加藤定彦校注・訳、二〇〇一年、小学館
『定本西鶴全集　第一巻』『同　第七巻』『同　第八巻』『同　第九巻』穎原退蔵・暉峻康隆・野間光辰編、一九五〇～一九五一年、中央公論社
『現代語訳西鶴全集　第二巻』『同　第三巻』『同　第七巻』『同　第九巻』『同　第十一巻』『同　第十二巻』暉峻康隆訳注、一九七六～一九七七年、小学館
『日本文学全集5　西鶴集』里見弴ほか訳、一九六六年、河出書房新社
『西鶴粋談　暉峻康隆対談集』暉峻康隆、一九八〇年、小学館
『水谷不倒著作集　第五巻』水谷不倒、一九七三年、中央公論社
『西鶴考　作品・書誌』金井寅之助、一九八九年、八木書店
『西鶴と浮世草子研究　第一号　特集・メディア』中嶋隆・篠原進編、二〇〇六年、笠間書院
『西鶴と浮世草子研究　第二号　特集・怪異』高田衛・有働裕・佐伯孝弘編、二〇〇七年、笠間書院
『西鶴　挑発するテキスト（「国文学解釈と鑑賞」別冊）』木越治編、二〇〇五年、至文堂
『元禄文学を学ぶ人のために』井上敏幸・上野洋三・西田耕三編、二〇〇一年、世界思想社
『俳諧師西鶴』乾裕幸、一九七九年、前田書店
『西鶴矢数俳諧の世界』大野鵠士、二〇〇三年、和泉書院
『西鶴の感情』富岡多恵子、二〇〇九年、講談社文芸文庫
『富岡多恵子の好色五人女』富岡多恵子、一九九六年、集英社文庫
『西鶴　研究と批評』谷脇理史、一九九五年、若草書房
『西鶴と元禄文芸』中嶋隆、二〇〇三年、若草書房
『虚構としての「日本永代蔵」』矢野公和、二〇〇二年、笠間書院
『刀狩り』藤木久志、二〇〇五年、岩波新書
『歴史としての御伽草子』黒田日出男、一九九六年、ぺりかん社
『太宰治全集　第六巻（筑摩全集類聚）』太宰治、一九七一年、筑摩書房
『日本文学史』小西甚一、一九九三年、講談社学術文庫
『俳句の世界』小西甚一、一九九五年、講談社学術文庫
『大阪の文芸（毎日放送文化双書10）』小島吉雄ほか、一九七三年、毎日放送
『なにわ大阪の歴史と経済』作道洋太郎、二〇〇二年、ブレーンセンター
『貨幣の日本史』東野治之、一九九七年、朝日新聞社
『米の日本史』土肥鑑高、二〇〇一年、雄山閣出版
『正座と日本人』丁宗鐵、二〇〇九年、講談社
『京阪と江戸』宮本又次、一九七四年、青蛙房
『江戸と大阪（冨山房百科文庫48）』幸田成友、一九九五年、冨山房
『長崎の唐人貿易（日本歴史叢書　新装版）』山脇悌二郎、一九九五年、吉川弘文館
『日本舞踊曲集覧』森治市朗編、一九七五年、柏出版
『住まいのかたち暮らしのならい』（図録）大阪市立住まいのミュージアム編、二〇〇一年、平凡社

さくいん

〈著者略歴〉

本渡 章（ほんど・あきら）

一九五二年生まれ。作家。

著書『大阪古地図むかし案内』『続・大阪古地図むかし案内』『大阪名所むかし案内』『京都名所むかし案内』『奈良名所むかし案内』（創元社）、『大阪人のプライド』（東方出版）など。

共著書『大阪の教科書』（創元社）。

一九九六年、第三回パスカル短篇文学新人賞優秀賞受賞。

編著書『超短編アンソロジー』（ちくま文庫）。

大阪暮《おおさかく》らしむかし案内《あんない》 江戸時代編《えどじだいへん》
――絵解《えと》き井原西鶴《いはらさいかく》

二〇一二年二月一〇日 第一版第一刷発行

著 者 本渡 章

発行者 矢部敬一

発行所 株式会社 創元社

〈本 社〉〒五四一-〇〇四七
大阪市中央区淡路町四-三-六
電話（〇六）六二三一-九〇一〇㈹

〈東京支店〉〒一六二-〇八二五
東京都新宿区神楽坂四-三 煉瓦塔ビル
電話（〇三）三二六九-一〇五一㈹

〈ホームページ〉http://www.sogensha.co.jp/

組版 はあどわあく 印刷 図書印刷

ISBN978-4-422-25061-8 C0039

大阪古地図むかし案内 ―読み解き「大坂大絵図」―

本渡章著 大阪の近世古地図を主題材に、古今の地誌や生活文化を探る案内書。細部を解読・鑑賞する面白さを味わいながら、歴史・地理・文化がわかる本。折込み古地図の付録つき。２０００円

続・大阪古地図むかし案内 ―明治〜昭和初期編―

本渡章著 明治〜昭和初期の近代古地図を題材に、大阪の地誌・暮らしを探る。細部を読み解く面白さを味わいながら、大阪の歴史・地理・文化がわかる本。折込み古地図の付録つき。２０００円

大阪名所むかし案内 ―絵とき「摂津名所図会」―

本渡章著 近世の大ヒット旅行書「摂津名所図会」から全三六景の名所を厳選し、細部を絵ときする新趣向で江戸時代の大坂へご案内。現代につながる生活文化・歴史・地理がわかる。１８００円

奈良名所むかし案内 ―絵とき「大和名所図会」―

本渡章著 「大和名所図会」から奈良名所を厳選し、古今の風物や人間模様を絵ときするシリーズ第二弾。南都の寺、飛鳥の名所から四季の行楽地、修験の峰々、暮らしや生業も描く。１８００円

京都名所むかし案内 ―絵とき「都名所図会」―

本渡章著 「都名所図会」を中心に京都名所を厳選し、古今の風物や人間模様を絵ときするシリーズ第三弾。寺社や山・川など有名な名所から、土産物（名物）、祭りや歳時記も描く。１８００円

大阪の教科書 ―大阪検定公式テキスト―

橋爪紳也監修、創元社編集部編 ことば・歴史・文化からスポーツ、食べ物、サブカルチャーまで大阪力のエッセンスを一冊に凝縮。図版多数で読んで見て楽しみつつ学べる公式検定本。１９００円

西鶴に学ぶ ―貧者の教訓・富者の知恵―

中嶋隆著 今こそ読みたい西鶴、学びたい人生訓――。気鋭の西鶴研究者が、つとめて平易に、時に楽しく読み解き伝える。やさしい解釈で古典文学に親しみ、生きる知恵を授かる本。１５００円

大阪まち物語

なにわ物語研究会編 いまや「見る観光」から「する観光」に多様化する中で、大阪の魅力とは何か。歴史、娯楽、建築、人物などあらゆる角度から探る、新しい「大阪観光」ガイド。１４００円

大阪の橋ものがたり

伊藤純、橋爪節也、船越幹央、八木滋著 八百八橋と称された水都大阪の橋は面白エピソードの宝庫。なにわ三大橋をはじめ、消えた橋、珍しい橋まで全八八橋の歴史物語。図版多。１６００円

上方演芸大全

大阪府立上方演芸資料館（ワッハ上方）編 上方演芸の総覧として歴史と魅力を集大成。漫才、落語などの演芸各分野からメディア・寄席・裏方まで笑芸の全容と細部に迫る。図版多。２８００円

なにわ大阪 食べものがたり

上野修三著 復活する大阪伝統野菜、知られざる大阪湾の魚、伝えたい食の歳時記――。食材の旬と来歴を知り、最良のうまいもんを味わう、やわらかい大阪ことばで綴ったエッセイ。１８００円

「大大阪」絵はがき集

橋爪紳也編 道頓堀界隈、初代通天閣、天守閣復興記念花電車など、「大大阪」と呼ばれた時代を中心に、明治末から昭和初期の大阪の様子を撮影した絵はがきを二四枚選んで復刻。１０００円

＊価格には消費税は含まれていません。